lua de papel®

A Prenda de Natal

Glenn Beck

com Kevin Balfe e Jason Wright
Ilustrações de Paul Nunn

Traduzido do inglês por Elsa T. S. Vieira

Título Original
The Christmas Sweater

Publicado com o acordo do editor original, a Threshold Editions, uma divisão da Simon & Schuster, Inc.

1.ª Edição / Novembro de 2010
ISBN: 978-989-23-1061-9
Depósito Legal n.º: 317 146/10

lua de papel®

[Uma chancela do grupo LeYa]
Rua Cidade de Córdova, n.º 2
2610-038 Alfragide
Tel. (+351) 21 427 22 00
Fax. (+351) 21 427 22 01
http://twitter.com//Luadepapel
luadepapel@leya.pt
www.leya.pt

Para os meus filhos,

Mary, Hannah, Raphe,
e Cheyenne.

Lembrem-se sempre de onde viemos,
de como aqui chegámos e
de quem nos guiou até ao calor do sol.

Como Acaba...

camisola de Natal estava na prateleira de cima do meu roupeiro há muitos anos. A camisola não me servia há décadas e, se eu não me tivesse mudado tantas vezes nos primeiros anos, nem lhe teria tocado. No entanto, nunca me passou pela cabeça livrar-me dela. A cada mudança, dobrava-a delicadamente, guardava-a numa caixa e transportava-a para a minha próxima casa, arrumando-a cuidadosamente noutra prateleira, sem nunca a usar.

Por mais tempo que passasse, bastava olhar para a camisola para despertar em mim uma forte reacção. Capturados nos seus fios, havia fragmentos da minha inocência de criança – os meus maiores arrependimen-

tos, medos, esperanças, desilusões – e, com o tempo, a minha maior alegria.

Comecei a escrever esta história com a intenção de a partilhar apenas com a família. Mas, pelo caminho, aconteceu algo: a história assumiu o controlo e escreveu--se a si própria. Coisas que passei anos a tentar – e acabei por conseguir – esquecer simplesmente brotaram de mim; eventos que nunca pensei partilhar com ninguém. É quase como se a minha camisola quisesse que a sua história fosse contada. Talvez tenha passado tempo suficiente em silêncio na sua prateleira.

Demorei mais de trinta anos a sentir-me suficientemente confortável para partilhar esta história. Suponho que será preciso o resto da vida para compreender por completo o significado e a força que há por trás dela. E, embora alguns nomes e eventos tenham sido alterados, aquilo que se segue é, basicamente, a história do Natal mais importante da minha vida.

No espírito desta época abençoada, partilho esta história, como o meu presente para si. Que ela lhe traga, a si e àqueles que ama, a mesma alegria que me trouxe a mim.

Glenn

A Oração de Eddie

Senhor, sei que já não falamos há muito tempo e peço desculpa.

Com tudo o que aconteceu, tem sido difícil saber o que dizer.

A mamã está sempre a dizer-me que Tu olhas por nós, mesmo nas épocas más. Acho que acredito nela, mas às vezes é difícil compreender porque deixaste que nos acontecessem estas coisas todas.

Sei que a mamã trabalha muito e que o dinheiro é curto, mas por favor, Senhor, se eu pudesse receber uma bicicleta no Natal, seria tudo muito melhor. Farei o que for preciso para provar que a mereço. Irei à igreja. Estudarei muito. Serei um bom filho para a mamã.

Farei por a merecer, prometo.

SAM'S

Um

Os limpa-pára-brisas cortaram a neve que estava no vidro em semicírculos. «É neve boa», pensei, enquanto me chegava para a beira do assento e apoiava o queixo na napa do banco da frente.

– Encosta-te, querido – ordenou gentilmente a minha mãe, Mary. Tinha trinta e nove anos, mas os seus olhos cansados e as madeixas grisalhas que se infiltravam no cabelo negro como carvão faziam com que a maior parte das pessoas a julgasse muito mais velha. Se a idade de uma pessoa fosse determinada por aquilo que já tinha passado na vida, teriam razão.

– Mas, mamã, não vejo a neve se estiver encostado.

– Está bem. Mas só até pararmos para pôr gasolina.

Cheguei-me ainda mais para a frente e apoiei os ténis usados na saliência a meio da nossa velha carrinha Pinto. Eu era magro e alto para a idade e, nesta posição, ficava com os joelhos quase encostados ao peito. A mamã dizia que era mais seguro ir no banco de trás, mas, no fundo, eu sabia que a questão não era realmente a segurança, mas sim o rádio. Eu estava constantemente a mexer-lhe, a mudar de posto, a tirá-lo da aborrecida estação de Perry Como, que ela ouvia, e a procurar outra que passasse música a sério.

Enquanto seguíamos na direcção da bomba de gasolina, vi a baixa de Mount Vernon através da neve. Mil pontinhos luminosos verdes e vermelhos, as luzes de Natal, ladeavam a rua principal. Os dias quentes de Verão no Estado de Washington eram raros, mas, quando aconteciam, os postes de iluminação cobertos de luzes de Natal pareciam deslocados. As luzes ficavam ali penduradas, numa espécie de hibernação ao contrário, até um funcionário da câmara as ligar e substituir as lâmpadas que não acendiam. Mas agora, em Dezembro, as luzes lançavam a sua magia, enchendo-nos a nós, crianças, de entusiasmo natalício.

Nesse ano, eu estava mais ansioso do que entusiasmado. Queria que fosse o ano em que o Natal finalmente regressaria ao normal. Durante anos, as manhãs de Natal em nossa casa tinham sido cheias de presentes e risos e rostos sorridentes. Mas o meu pai morrera três anos antes – e parecia-me que o Natal morrera com ele.

Antes da morte do meu pai, eu nunca pensara muito sobre a nossa situação financeira. Não éramos ricos nem pobres – simplesmente éramos. Tínhamos uma boa casa, num bairro simpático, jantar quente na mesa todas as noites e, num Verão, quando eu tinha cinco anos, até fomos à Disneylândia. Lembro-me de me estar a vestir para a viagem de avião. As únicas outras férias de que me recordo tiveram lugar alguns anos depois, quando os meus pais me levaram a Birch Bay – pelo nome, parece um sítio exótico, mas na verdade era apenas uma praia rochosa a cerca de uma hora de caminho da nossa casa.

Nessa altura, não tínhamos falta de nada, excepto, talvez, de mais tempo juntos.

O meu pai comprou a Padaria City quando eu era pequeno. A padaria estava na cidade desde o século dezanove. Ele trabalhava muitas horas, saindo de casa quase todas as manhãs antes de o sol (ou o filho) se levantar. A minha mãe despachava-me para a escola, arru-

mava a casa, punha a roupa a lavar e depois ia ter com o meu pai à padaria e passava lá o resto do dia.

Depois das aulas, eu ia para a padaria e ajudava os meus pais. Em alguns dias, a caminhada demorava menos de meia hora, mas geralmente era muito mais. Pelo menos alguns dias por semana eu parava na baixa da cidade, no meio da ponte que passava por cima da auto-estrada I-5, e ficava a ver os carros e camiões a passarem. Muitos miúdos paravam ali e cuspiam para a estrada lá em baixo, na esperança de conseguirem acertar num carro, mas eu não era esse tipo de criança. Eu limitava-me a imaginar que cuspia.

Queixava-me muito por ter de passar tanto tempo na padaria, especialmente quando o meu pai me fazia lavar os tachos e panelas, mas, secretamente, adorava vê-lo trabalhar. Outros talvez lhe chamassem padeiro, mas eu pensava nele como um artesão ou um escultor. Em vez de cinzel usava massa e em vez de barro usava glacê – mas o resultado era sempre uma obra-prima.

O meu pai e o meu tio Bob tinham sido aprendizes na padaria do pai deles desde que tinham a minha idade. Depois da escola, punham um avental, lavavam uma quantidade aparentemente interminável de tachos e panelas e aprendiam as receitas. No caso do meu pai, não demorou muito tempo até o aprendiz ser melhor do que o mestre.

O meu pai tinha mão para a pastelaria. Era o único da família que conseguia dar vida às suas receitas. Não foi preciso muito tempo para os pães e sobremesas da Padaria City serem conhecidos como os melhores da cidade. O papá adorava as suas criações, quase tanto como adorava a família.

Os sábados eram especiais, porque era o dia em que o meu pai passava a maior parte do tempo a cobrir e a decorar bolos. Não admirava, pois, que fosse também o dia em que eu mais gostava de trabalhar com ele. Bem, *trabalhar* talvez seja um exagero, pois eu não punha propriamente a mão na massa. Tirar o pão da caixa depois de fermentado era o máximo que ele me deixava fazer – mas eu observava-o atentamente e aproveitava o mais que podia o meu papel de «provador oficial de coberturas».

Embora o meu pai estivesse sempre a tentar ensinar-me as suas receitas, eu nunca conseguia fixá-las. A mamã dizia que era por eu ter a concentração de um mosquito, mas eu sabia que, na verdade, era porque gostava mais de comer bolos do que de os fazer. Nunca estive interessado

em ser pasteleiro; dava muito trabalho e era preciso acordar muito cedo. Mas o meu pai nunca perdeu a esperança de que, um dia, eu mudasse de ideias.

A sua primeira missão foi ensinar-me a fazer bolachas, mas, pouco depois de me entregar a responsabilidade pela batedeira e pela massa das bolachas, percebeu que isso fora um erro. Um grande erro. Se me tivesse deixado sozinho com aquela massa crua mais alguns minutos, não restaria o suficiente para uma fornada. Depois disso, o papá, de forma inteligente, mudou de táctica: de lições práticas para questionários. Mostrava-me como fazer algumas doses de bolo de chocolate alemão, depois fazia-me perguntas sobre a receita e atirava-me farinha para a cara quando eu, invariavelmente, mencionava algum ingrediente que não tinha lugar num bolo. Como carne.

Um dia, mesmo a meio de um questionário sobre *strudel* de maçã, a vendedora do meu pai (a minha mãe) entrou e perguntou-lhe se não se importava de ajudar uma cliente. Não era algo completamente invulgar – o papá ia à loja de vez em quando, especialmente à tarde, enquanto os fornos arrefeciam e a minha mãe fazia a viagem diária ao banco. Acho que, secretamente, era

uma das alturas do dia de que o meu pai mais gostava; ele era uma pessoa muito sociável e adorava ver as caras dos clientes quando provavam as suas mais recentes criações.

Nesse dia, vi o papá cumprimentar a senhora Olsen, uma mulher que, para mim, parecia a pessoa mais velha da cidade. Era cliente habitual. Quando a minha mãe a atendia, eu reparava que ela tirava sempre um bocadinho para ouvir as histórias da senhora Olsen. Suponho que ela pensava que a senhora Olsen se sentia sozinha. O meu pai tratava-a com o mesmo respeito. Sorriu amavelmente enquanto falava com ela e vi um leve sorriso começar a formar-se também no rosto da cliente. O meu pai tinha esse efeito em muitas pessoas.

A senhora Olsen viera comprar apenas um pão, mas o meu pai passou cinco minutos a tentar convencê-la a provar tudo, desde os seus napoleões ao seu bolo de chocolate alemão. Ela recusou tudo, mas o meu pai insistiu, dizendo que era oferta da casa. Por fim, ela cedeu e abriu um sorriso de orelha a orelha. Disse ao meu pai que era bom demais. Lembro-me da palavra «bom» porque a achei muito simples e, ao mesmo tempo, tão verdadeira. O meu pai era bom.

Depois de ter o pão no saco e uma caixa com guloseimas grátis, a senhora Olsen enfiou a mão na mala e tirou uma espécie de dinheiro que eu nunca tinha visto. Tanto quanto conseguia perceber, não eram notas. Pareciam mais cupões – mas nós não oferecíamos cupões de desconto. Quando ela se virou para sair da loja, o meu coração começou a bater mais depressa. Teria o meu pai sido enganado ali mesmo, à minha frente? Era a padaria que pagava as nossas contas (e, mais importante ainda, os meus presentes). Aproximei-me do meu pai, que estava junto da caixa registadora, e, julgando que ela não conseguia ouvir-me, murmurei:

– Papá, isso não é dinheiro.

A senhora Olsen estacou abruptamente e olhou para o meu pai. Este, por sua vez, lançou-me um olhar furioso.

– Eddie, vai lá para dentro, se faz favor. Já – ordenou em tom cortante. Depois acenou à senhora Olsen, lançou-lhe mais um sorriso caloroso e ela virou-se e saiu. Percebi logo que estava metido em sarilhos.

Quando passei pela porta para a parte de trás da loja, tinha a cara mais quente do que o forno em frente do qual me encontrava.

– Eddie, sei que não foi essa a tua intenção, mas fazes ideia de como envergonhaste a senhora Olsen?

– Não – respondi. E não fazia, honestamente.

– Eddie, a senhora Olsen é uma boa cliente. O marido morreu há cerca de um ano e ela tem tido muitas dificuldades económicas. Tens razão, o que ela me deu não é dinheiro, mas é como se fosse, para as pessoas que precisam. Chamam-se senhas de refeição e o nosso Governo está a ajudá-la a comprar as suas mercearias até ela se recompor. Não falamos disso à frente dela porque ela não gosta de ter de pedir ajuda a outras pessoas.

O meu pai explicou-me que, embora a nossa família nunca aceitasse ajuda de ninguém, muito menos do Governo, havia pessoas boas que precisavam dela. Senti imediatamente pena da senhora Olsen – de qualquer pessoa que tivesse de depender de terceiros para esse tipo de ajuda. E fiquei feliz por saber que nós nunca estaríamos nessa posição.

Alguns meses mais tarde, tive oportunidade de provar ao meu pai que aprendera a lição.

A minha mãe saíra, mais uma vez para ir ao banco, e eu estava na loja a pôr bolachas de amêndoa frescas na montra, enquanto o meu pai atendia os clientes. Vi

quando, mais uma vez, ele aceitou os cupões esquisitos como pagamento – desta vez de um homem que comprara pão, uma tarte e uma dúzia de bolachas. Mas agora, em vez de sorrisos calorosos, conversa amigável e sugestões de sobremesas deliciosas, o meu pai estava completamente silencioso.

Depois de o cliente sair, era a minha vez de fazer perguntas. Segui-o até à parte de trás.

– O que se passa, papá? – perguntei.

– Conheço aquele homem, Eddie. Ele pode trabalhar, mas prefere não o fazer. Qualquer pessoa que é capaz de ganhar dinheiro não devia estar a aceitar o dos outros.

Eventualmente, vim a saber que o meu pai, que crescera pobre e tivera de lutar por tudo o que tinha, rejeitara continuamente ofertas de ajuda de terceiros. Trabalhara arduamente para construir o seu negócio e sustentar a família. Acreditava que os outros deviam fazer o mesmo.

– O Governo – disse-me, uma noite – está lá para ser uma rede de segurança, não uma máquina de guloseimas.

Não sei se a minha mãe crescera com a mesma atitude ou se simplesmente a aprendera em todos aqueles anos com o meu pai – mas pensava exactamente da

mesma maneira. Agora que ele partira, passávamos sérias dificuldades, mas ela recusava-se a pensar sequer em pedir ajuda a alguém.

– Havemos de ultrapassar isto, Eddie – disse-me, mais do que uma vez. – As coisas estão um bocadinho apertadas agora, mas há muita gente que precisa mais de ajuda do que nós.

Como de costume, a minha mãe estava a ser optimista. «Um bocadinho apertadas» estava longe de ser uma descrição correcta do quão frugais nos tínhamos tornado. Quando íamos jantar fora, o que acontecia apenas em ocasiões muito especiais, ela fazia-me sempre o mesmo aviso antes de a empregada aparecer:

– Lembra-te, Eddie, não peças leite, temos muito em casa. Não há necessidade de esbanjar.

Eu sabia muito bem que não se tratava de ser ou não esbanjador, que o problema era o dinheiro. Era sempre o dinheiro. A minha mãe trabalhava horas aparentemente sem fim numa série aparentemente interminável de empregos, a nossa casa estava a desfazer-se mais depressa do que os famosos guardanapos de maçã do papá, e eu não recebia um presente de Natal digno de me gabar

dele desde o Falcon Millennium da Guerra das Estrelas, que recebera dois anos antes.

Mas este ano ia ser diferente. Há meses que eu me portava melhor do que nunca. Ia pôr o lixo antes de a mamã pedir, usava as minhas apuradas capacidades de lavador de pratos em casa e, de uma maneira geral, certificara-me de que ela não teria desculpa para não me dar a bicicleta que eu merecia.

Mesmo assim, não ia deixar nada ao acaso. Sempre que um familiar ou vizinho me perguntava o que queria pelo Natal, fazia questão de que a minha mãe estivesse por perto para ouvir a minha resposta bem ensaiada: uma bicicleta Huffy encarnada com assento preto.

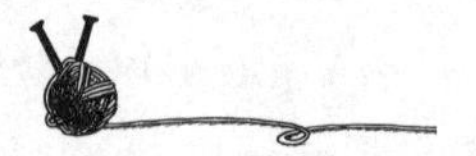

O barulho do motor do Ford arrancou-me às memórias do passado. Estávamos na Main Street e as luzes, antes distantes, brilhavam agora através das janelas embaciadas do carro. Tentei olhar pelo vidro de trás para ver onde estávamos, mas só conseguia ver o meu cabelo loiro escuro reflectido.

A minha mãe conduzia cuidadosamente, apesar de a baixa parecer praticamente deserta. Um semáforo ficou vermelho no cruzamento à nossa frente e ela abrandou lentamente o carro até parar.

– Eddie, olha! – estava a apontar pela janela do lado do passageiro.

Limpei o vidro com a mão. Tínhamos parado mesmo em frente da grande montra da Loja de Desporto Richmond's, o mesmo sítio onde eu vira pela primeira vez a Huffy com a qual sonhara ao longo de todo o ano.

Os meus olhos inspeccionaram habilmente a montra, saltando entre tacos de basebol, luvas, trenós e... ali estava ela. A Huffy. A minha Huffy. A sua armação encarnada, o guiador cromado e brilhante e o assento preto cintilavam alegremente no meio do nevoeiro e da neve.

– Uau – foi a única palavra que consegui pronunciar.

A minha mãe já não estava a olhar para a bicicleta e sim a observar-me pelo espelho retrovisor. Não conseguia ver a boca dela, mas sabia que estava a sorrir. Sorri também. Perry Como era a banda sonora em fundo.

– Queres ser tu a pôr a gasolina? – perguntou ela alguns minutos depois, quando parou junto da bomba.

Púnhamos gasolina muitas vezes porque a nossa Pinto estava sempre com sede e a minha mãe, geralmente, nunca tinha dinheiro suficiente para atestar o depósito.

– Claro – disse, saltando por cima do banco e saindo atrás dela. – Posso comprar gomas quando for pagar?

– Lamento, Eddie – disse a minha mãe suavemente. – Tenho dinheiro para gomas, mas não para o dentista – sorriu. – Vá lá, despacha-te – eu sabia que ela não tinha dinheiro para o dentista, mas a sua desculpa não me enganou. Também não tinha dinheiro para gomas.

Lancei-lhe a expressão mais desapontada que consegui. No entanto, no fundo, tinha esperança. Não ter dinheiro para gomas podia significar que ela estava a poupar para outra coisa qualquer.

Para a minha bicicleta.

Dois

Era véspera de Natal e, como de costume, a minha mãe estava a trabalhar. Era cozinheira no liceu local, mas arranjava sempre um ou dois trabalhos extras, no centro comercial, na altura das festas.

Eu estava de férias e em casa sozinho, o que deixava sempre a minha mãe nervosa. Odiava deixar-me sozinho. Não por eu não ser capaz de tomar conta de mim, mas porque sabia que eu era demasiado parecido com o malandro do meu avô – que fora o inventor da tradição pré-Natal em que eu estava prestes a embarcar: a Operação Espreitadela.

Uma véspera de Natal, alguns anos antes, o meu avô e eu demos por nós a sós. O meu pai ainda estava na padaria a acabar os *croissants* e bolos, que em breve despertariam exclamações de admiração em mesas de jantar por toda a cidade. A minha mãe e a minha avó tinham ido à igreja. Normalmente, o meu avô e eu teríamos sido arrastados com elas, mas nesse ano o Natal calhava a uma segunda-feira e, de alguma forma, ele conseguira convencê-las de que a missa de Natal do dia seguinte devia contar para ambos os dias. Eu tinha muito a aprender com ele.

– Queres jogar às cartas, Eddie? – perguntou o avô assim que a porta da rua se fechou.

«Oh, não, aqui vamos nós outra vez», pensei.

O avô adorava jogar às cartas. Não, retiro o que disse, ele adorava *ganhar* às cartas. E ganhava sempre. Na verdade, ganhava com tanta frequência que se tornara uma espécie de regra de família implícita que ninguém nunca, nunca, acontecesse o que acontecesse, aceitava jogar às cartas com ele. Era como dar de comer a um animal selvagem: podia parecer uma boa ideia, ao princípio, mas acabávamos sempre por nos arrepender dela mais tarde.

Eu acreditava que o avô ganhava às cartas porque jogava mesmo bem, mas nesse ano já tinha idade para perceber. Ele ganhava porque fazia batota. Talvez «batota» não seja a palavra certa; o avô tinha um sistema. Tal como contar cartas numa mesa de *blackjack*, os seus métodos não eram necessariamente ilegais, mas ele também não os anunciava aos quatro ventos.

Sempre que jogávamos, ele concentrava-se mais em procurar as falhas do seu sistema do que propriamente em vencer-me – embora isso também nunca lhe tenha levantado muitas dificuldades. Eu jogava uma carta, ele pegava-lhe, devolvia-ma e dizia:

– Não. Não queres jogar essa carta.

Ao princípio, eu pensava que ele estava a ajudar-me, mas mais tarde percebi que o que ele gostava mais não era de acabar com a presa, mas sim da excitação da perseguição. Para o avô, jogar às cartas comigo era como ir caçar ao Jardim Zoológico – não havia desafio. Nunca senti que estava realmente a jogar às cartas com o avô; sentia-me mais como se fosse a sua cobaia.

Sempre pensei que ele praticava comigo para refinar o seu sistema e depois poder vencer o jogo de cartas

semanal com os amigos, mas nunca lhe perguntei e ele nunca me disse.

– De certeza que não queres jogar? – insistiu ele.

– Agora não, avô. Talvez mais tarde.

– Como queiras. Mas hoje sinto-me bastante vulnerável. Acho que tens boas hipóteses de me vencer – o avô mentia *mesmo* bem. – Mas se tens a certeza de que não queres jogar às cartas... – baixou a voz e ficou com aquele brilhozinho nos olhos que dizia «sou mais miúdo do que tu». – Talvez eu possa arranjar outra coisa qualquer para fazermos.

– O quê? – perguntei, mas na realidade queria dizer «Conte comigo!» O avô tinha o hábito de nos meter em graus variados de sarilhos e eu adorava cada segundo. As suas «ideias» eram quase sempre código para um plano elaborado que ele passara semanas a criar. Tal como o seu sistema de contagem de cartas secreto atestava, o avô era um grande fã de encontrar aquela zona indistinta entre a letra e o espírito da lei.

– Segue-me – disse, num tom de voz que perdera agora por completo a entoação divertida. O avô levava muito a sério os seus esquemas. Sempre que ele e eu embarcávamos numa missão, por mais absurda que fosse, esforçávamo-nos ao máximo para a completar com sucesso. Das raras vezes em que éramos apanhados, ele utilizava com perícia uma estratégia extraordinariamente complexa e bem testada ao longo do tempo: negar, negar, negar. Surpreendentemente, funcionava na maior parte das vezes, porque os adultos pura e simplesmente recusavam-se a acreditar que um homem feito fizesse realmente as coisas que ele fazia.

Um bom exemplo ocorrera dois Verões antes, quando um adolescente problemático veio passar algum tempo em casa da tia, que morava em frente dos meus avós. O miúdo diabólico ficava a pé até às tantas, aos berros, vandalizava caixas de correio e, de uma maneira geral, tentava infernizar a vida de todos os que moravam no bairro, habitualmente sossegado.

A sua actividade preferida tinha lugar depois de escurecer, quando construía um muro de pedras a atravessar a estrada secundária que percorria o bairro. Colocava-o mesmo no cimo de uma pequena colina, tornando-o invisível para os carros que se aproximavam de ambos os lados. Não era muito alto – apenas alguns centímetros, na maior parte dos sítios –, mas era sufi-

ciente para fazer com que os pobres carros azarados que o atingiam rebentassem um pneu, perdessem o escape, ou pior.

Das primeiras vezes que isso aconteceu os vizinhos chamaram a polícia. Mas de pouco serviu, porque nunca ninguém apanhara o miúdo com a mão na massa. Após algum tempo, a maioria das pessoas resolveu calar-se e contar os dias que faltavam para o visitante indesejado se ir embora. Mas não o meu avô.

Alguns dias depois do primeiro incidente com o muro de pedras, começou a fazer planos. Observou que todas as noites, depois de o caos acabar, o rapaz deixava a sua bola de futebol no alpendre da casa da tia. Na manhã seguinte, enquanto tomava o pequeno-almoço, o avô via o rapaz correr para fora de casa, descalço, e dar um pontapé na bola com toda a sua força. Essa rotina deu ao meu avô uma ideia simples mas totalmente diabólica.

Uma noite, enquanto o resto do bairro dormia, o avô tirou a bola do alpendre e levou-a para a sua oficina. Cortou-a cuidadosamente e encheu-a com as mesmas pedras que o rapaz usava para construir os seus muros. Em seguida, fechou-a e colocou-a no alpendre.

Não sei exactamente o que aconteceu depois, mas sei que na tarde seguinte o rapaz tinha o pé engessado e o bairro nunca mais o ouviu abrir a boca.

Nunca ninguém soube que fora o meu avô o responsável.

Embora eu nunca soubesse quando ele pregava as suas partidas, calculava sempre que devia ter acontecido alguma coisa quando ele me pedia um álibi sem motivo aparente. Durante uma caminhada até ao celeiro ou uma viagem à cidade, virava-se para mim e dizia qualquer coisa como:

– É verdade, Eddie, se alguém perguntar, tu e eu estivemos na loja de rações ontem à tarde, por volta das seis.

Eu sorria e nunca perguntava porquê.

As únicas duas pessoas que o apanhavam nos seus esquemas eram a minha mãe e a minha avó. Sabiam que o avô era o *único* que alguma vez se daria ao trabalho de encher uma bola de futebol com pedras e de a fechar meticulosamente só para dar uma lição a alguém. Mas ele não cedia facilmente. Quando se tornava evidente que negar não estava a ter resultado, dizia:

– O Eddie pode ter estado ligeiramente envolvido numa coisa desse género.

Embora possa parecer que ele estava a pôr as culpas em cima de mim, isso é apenas parte da história. A verdadeira razão pela qual o avô adorava usar essa defesa era que o seu nome também era Edward. Quando dizia «Foi o Eddie», as pessoas partiam naturalmente do princípio de que estava a falar de mim e ele podia continuar a sentir-se bem consigo próprio, porque *tecnicamente* não estava a mentir. Felizmente, qualquer pessoa que conhecesse o meu avô não se deixava enganar e eu nunca tive problemas por causa disso.

Agora, na casa da quinta, prestes a lançar-se em mais uma missão clandestina, o avô caminhava com passo decidido. Fiz o melhor que pude para o acompanhar, mas as minhas pernas curtas tinham de dar dois passos por cada uma das suas passadas largas e graciosas. Só parámos quando estávamos em frente do roupeiro do quarto de hóspedes. Sem uma palavra, o avô abriu a porta do roupeiro e estendeu um braço comprido até ao canto superior, de onde tirou um presente embrulhado. Fiquei sem palavras.

– A primeira coisa que um aficionado do Natal tem de aprender – disse ele com firmeza – é que os presentes bons só vão para debaixo da árvore na manhã de Natal.

Arregalei os olhos enquanto ele enfiava o braço no cesto da roupa suja e se materializou outro presente, este ligeiramente maior do que o primeiro.

– Oh, a avó está a ficar esperta – riu-se ele, obviamente orgulhoso de si próprio. Quatro presentes mais tarde, parou de procurar. – Muito bem, Eddie, agora encosta este ao ouvido. O que achas que é?

Peguei na caixa com cuidado, para não rasgar o papel nem danificar o laço. A etiqueta colada em cima dizia: «Para o avô, da avó». Levei-o ao ouvido, sem saber muito bem o que devia estar à espera de ouvir.

– Hum... – fingi estar a pesar diferentes opções, mas, na verdade, não fazia a mais pequena ideia. – Não sei. Não oiço grande coisa.

– Deixa-me tentar – disse ele, quase sem conseguir controlar a excitação.

Dei-lhe a caixa e ele encostou-a ao ouvido. Fechou os olhos, abanou-a levemente, fez uma pausa e anunciou o seu veredicto:

– É um casaco de Inverno. Castanho.

– A sério? – eu estava chocado. – Como é que sabe?

– Oiço-o. Agora passa-me esse.

Peguei numa caixa rectangular, coloquei-a nas suas

mãos grandes e vi-o repetir o mesmo processo: ouvir, abanar, pausa, veredicto.

– Este é um ferro de frisar. Um daqueles modernos que se desligam sozinhos.

Fiquei estupefacto. Não por ser um ferro de frisar, mas por ver como o meu avô parecia ter a certeza. Não havia a mínima dúvida na sua voz.

Ele pediu-me os outros dois presentes e repetiu a rotina, agora familiar. Encostei a caixa do casaco e a do ferro de frisar ao ouvido enquanto o avô tentava ouvir alguma coisa, *qualquer coisa,* mas estavam ambas silenciosas.

O avô sentou-se no chão ao lado de um presente que declarara ser um bule de chá para a minha mãe.

– Anda cá, Eddie, e senta-te aqui um bocadinho ao pé de mim. Quero ensinar-te uma coisa. O Natal tem uma arte – sorriu, com a magia a dançar-lhe nos olhos. – Há quem diga que aquilo que estou prestes a mostrar-te é uma arte negra, mas eu prefiro pensar nela como verde e vermelha.

Sentei-me ao lado dele.

– Acho que chegou finalmente a altura de compreenderes a verdade sobre a magia do Natal.

– Avô, eu já sei. Já não sou uma criança.

– Não é disso que estou a falar. A magia em si própria é real, mas às vezes é preciso «ajudá-la» um bocadinho. E é por isso que eu sou... um «ajudante». É como o pão do teu pai. O fermento e a farinha podem levedar sozinhos, mas não acontece nada enquanto o teu pai não os puser no forno. E eu sou assim. Sou como um forno para presentes de Natal – isto era o meu avô no seu melhor.

Sem esperar para ver se eu compreendera a enigmática analogia, pegou no presente quadrado, virou-o e exalou suavemente sobre a dobra onde um pedaço de fita-cola segurava o papel. A superfície da fita-cola ficou embaciada com a humidade da sua respiração. Depois, levantou gentilmente o canto da fita-cola com a unha, até ter a certeza de que conseguia descolá-la sem rasgar o papel. A dobra abriu-se sem dificuldade.

Eu devia ter os olhos tão grandes como rodas de bicicleta enquanto via o que acontecia a seguir: o avô pousou a prenda na carpete, enfiou a mão na dobra de papel aberta e, cuidadosamente, retirou a caixa. Depois estendeu-ma.

– Abre-a. Mas com cuidado.

Tirei a tampa, afastei o papel de seda vermelho e encontrei o presente – um bule de chá de loiça, oriental, com quatro pequenas chávenas. Precisamente o que a minha mãe queria e exactamente o que o avô previra, embora fosse claro que não se tratara de uma previsão mas sim de um facto.

Passámos às outras prendas. Algumas tinham vários pedaços de fita-cola, o que requeria paciência; o meu avô recordou-me que a paciência era uma virtude. Outras tinham o papel tão apertado que era preciso virá-las ao contrário para fazer sair a caixa. Uma a uma, desembrulhámo-las todas e voltámos a embrulhá-las. (Mais tarde, vim a saber que, quando o Natal chegava, o meu avô já tinha aberto as suas prendas todas *pelo menos* três vezes.) Quando acabámos, voltámos a arrumar cuidadosamente cada presente no esconderijo original e descemos.

Mal sabia eu que não estávamos sequer perto de ter terminado.

Por baixo da árvore de Natal havia um tesouro de prendas embrulhadas para explorar. Abrimo-las todas. Não importava para quem eram nem quem as oferecia. Abrimo-las, conversámos sobre elas, e até brincámos com elas algumas vezes. Depois, voltámos a fechá-las e a colocá-las cuidadosamente debaixo da árvore, no sítio exacto de onde as tínhamos tirado.

O avô obrigou-me a jurar segredo, mas não era preciso. Eu sabia que a Operação Espreitadela me traria magia natalícia durante muitos anos e não tencionava arruinar essa perspectiva. O meu avô podia ser o mestre, mas, tal como o meu pai aprendera a fazer bolos, eu rapidamente me tornei um talentoso aprendiz.

Uma vez que a minha mãe ainda estaria no trabalho pelo menos umas duas horas, eu tinha muito tempo para levar a cabo a «operação» deste ano.

A minha mãe e eu tínhamos passado os últimos Natais num jogo contínuo de gato e rato, embora nenhum de nós falasse nisso. Ela encontrava um bom esconderijo e eu encontrava o seu bom esconderijo. Ela encontrava outro melhor e eu encontrava-o também. Talvez não fosse tão bom como pensava que era a arrumar os presentes exactamente como os encontrara, porque ela parecia perceber sempre quando eu descobria os seus esconderijos.

Este ano, enquanto começava a revistar a parte de baixo do roupeiro no quarto dela, estava decidido a não deixar qualquer rasto. Afinal de contas, já tinha doze anos e estava certo de conseguir finalmente executar a «operação» tão bem como o avô.

Quando enfiei a mão no canto do roupeiro, apercebi-me de que estava secretamente a desejar *não* encontrar um presente ali. Se o meu presente coubesse num roupeiro, era impossível que fosse uma bicicleta, e esse era o *único* presente que eu queria nesse ano. O que estava com esperança de encontrar era um recibo – e sabia que a minha mãe seria suficientemente esperta para o esconder também.

Apalpei meticulosamente cada canto do roupeiro. E depois encontrei algo. Uma caixa. Pequena. Desembrulhada.

– Oh, a mamã está a perder qualidades – ri-me entre dentes enquanto tirava a caixa da escuridão. A tampa estava coberta por uma fina camada de pó. Como é que isto me tinha escapado nos últimos anos?

Destapei-a lentamente, com o cuidado de não deixar marcas de dedos na tampa, para o caso de ser uma armadilha elaborada pela minha mãe. Quando afastei o papel de seda, percebi de imediato que não era. Reconheci logo o que encontrei dentro da caixa. Era um velho relógio Hamilton, o preferido do meu pai. A bracelete ainda emanava um leve aroma à sua colónia Old Spice.

Sem aviso, a minha mente mostrou-me uma imagem da última vez que vira aquele relógio. Fora cerca de quatro anos antes, logo depois de um nevão matinal ter atrasado o início das aulas. Era segunda-feira e a padaria estava fechada. O meu pai estava em casa, debruçado à minha frente, a enfiar sacos de plástico transparentes por cima dos meus sapatos. Os meus amigos tinham galochas a sério, mas o meu pai dizia que eram um desperdício de dinheiro, já que tínhamos em casa tantos sacos do pão grátis, que faziam exactamente o mesmo efeito. Devia ter sido uma pista de que não éramos propriamente a família Rockefeller – mas, na altura, pareceu-me fazer sentido.

Enquanto ele enfiava o elástico por cima do saco para o prender às minhas canelas escanzeladas, a manga da sua camisa subiu, revelando o brilhante relógio Hamilton. Olhei para as horas, apercebendo-me de que estava muito atrasado e nada contente com a ideia de ter de me apressar por cima da neve meio derretida com sacos de

plástico escorregadios nos pés. Podiam impedir a água de entrar, mas não eram conhecidos pela sua tracção.

– Papá, tenho de ir. Vou chegar atrasado – insisti, na esperança de que ele desistisse da impermeabilização caseira e me levasse de carro.

– Desculpa, Eddie, mas prefiro que chegues atrasado do que tenhas de andar o dia todo com os pés frios e molhados. É só mais um segundo.

Olhei para o Hamilton, para o pequeno ponteiro dos segundos a dar voltas e voltas, cada uma assinalando o quanto teria de correr mais depressa para chegar a horas.

Na altura, também achara irónico que o meu pai fosse padeiro e que, apesar de termos muitos sacos do pão, nunca tivéssemos pão nenhum em casa.

– Eddie – dizia-me ele –, se eu trouxesse o meu pão todo para comermos em casa, o que é que ficava para vender?

Era uma piada, mas eu sabia que era também uma desculpa. A verdade era que, após um longo dia de trabalho, os meus pais se apressavam a fechar a padaria e se esqueciam simplesmente de trazer para casa o pão para o qual tinham passado o dia a olhar. A minha mãe achava hilariante. Costumava dizer, a brincar, que o filho do sa-

pateiro nunca tinha sapatos e o filho do talhante nunca comia carne, mas eu não achava assim tanta graça.

Estava tão habituado a não ter pão em casa que, uma vez, despejei um frasco de manteiga de amendoim inteiro numa tigela e comecei a comê-la à colherada. A minha mãe entrou na cozinha e ficou a olhar para mim.

– O que é que estás a fazer? – perguntou, verdadeiramente chocada ao ver as colheradas que eu estava a enfiar na boca.

– O que foi? – respondi o melhor que pude, tendo em conta que não conseguia abrir completamente a boca. – Não temos pão.

– Isso não é desculpa para comeres como um animal. Vai já guardar isso.

Ainda comi mais duas ou três colheres depois de ela sair, mas voltei a pôr o resto no frasco. Felizmente, a minha mãe só me ralhara em relação à manteiga de amendoim, pelo que os outros condutos ainda eram território livre. Nas semanas seguintes, comi tigelas de creme de *marshmallow*, doce de morango e até natas batidas. Depois experimentei maionese e, com isso, a minha experiência de condutos sem pão chegou oficialmente ao fim.

O meu pai acabou finalmente de prender as minhas botas feitas de sacos do pão e eu saí a correr para o frio. Estar atrasado para as aulas dava-me uma excelente desculpa para correr, mas a minha verdadeira intenção era afastar-me dali o mais depressa possível, para poder arrancar os sacos estúpidos dos pés. Uma vez, cometi o erro de aparecer na escola com eles e os meus amigos troçaram de mim durante meses. «Ed Saco do Pão» foi a minha primeira alcunha, mas essa rapidamente se transformou na mais memorável, «Eddie Carcaça». Já era Primavera quando todos se esqueceram do incidente. E eu não tinha vontade nenhuma de os ajudar a recordar.

O ponteiro dos segundos do Hamilton, que em tempos simbolizara o quanto eu queria fugir do meu pai naquele dia de Inverno, estava agora parado, como que a troçar de mim. Desejei não ter corrido tão depressa para a escola naquele dia. O tempo já não parecia importante.

Coloquei cuidadosamente o relógio na caixa, voltei a pôr o papel de seda e arrumei-a no sítio onde estava. Perguntei a mim próprio como era possível que uma recor-

dação tão forte do meu pai estivesse escondida num roupeiro escuro, mas parecia adequado.

Antes de passar a esconderijos mais inventivos, decidi verificar o mais óbvio: debaixo da cama da minha mãe. Era uma possibilidade remota, mas não conseguiria viver comigo próprio se o meu presente estivesse ali tão perto e eu não o tivesse visto.

Deitei-me de barriga para baixo e enfiei-me debaixo da cama, na escuridão. Os meus olhos demoraram alguns segundos a adaptar-se mas, assim que comecei a ver melhor, parecia tudo familiar. Algumas caixas de sapatos, as abas de extensão da mesa da casa de jantar, uma caixa de costura e... alto, o que era aquilo? Havia uma caixa que eu nunca tinha visto antes. Era bastante grande e brilhante. Memorizei a sua posição exacta antes de a retirar para a luz.

A caixa era mais larga do que uma caixa de sapatos e muito mais funda. Tinha uma etiqueta por cima, escrita com a letra da minha mãe, que dizia apenas «Recibos de Natal». Seria mesmo isto? Poderia ser assim tão fácil? Tinha as mãos a tremer de antecipação.

Tirei a tampa com cuidado e espreitei lá para dentro. Havia apenas um recibo. «Não fiques desapontado»,

pensei com os meus botões. «Uma bicicleta, um recibo.» Desdobrei rapidamente o recibo, na esperança de ver a palavra «Richmond's» impressa no cabeçalho, mas o papel não tinha o nome de loja nenhuma. Na verdade, não tinha a descrição do artigo, o preço ou sequer a data. Era apenas um bilhete escrito à mão que dizia:

Olá, senhor bisbilhoteiro. Podes parar de procurar. O teu presente esteve este tempo todo mesmo debaixo do teu nariz, mas nunca o encontrarás.

Isto não podia estar a acontecer. A minha mãe não só usara psicologia invertida em mim, como me derrotara com ela. O avô ficaria tão desiludido. *O avô*. Uma visão dele a ensinar-me o método adequado para remover fita-cola encheu-me a mente. Ele nunca se deixaria derrotar com tanta facilidade. Senti energias renovadas. Podia ter perdido uma batalha, mas não perderia a guerra.

Dobrei o bilhete da mamã pelas marcas originais, arrumei-o na caixa, enfiei-me debaixo da cama e coloquei-a no sítio onde estava. Se a minha mãe não soubesse que eu encontrara o bilhete, então, tecnicamente, não se podia considerar que eu tivesse perdido. Com um bocadinho de sorte, a minha dignidade e a honra do meu avô ainda tinham salvação.

Três

engraçado como a vida muda tão depressa. Alguns anos antes, o dinheiro seria a última coisa na minha cabeça. Agora, não pensava noutra coisa. Alguns anos antes, eu tinha pai. Agora, ele partira. Alguns anos antes, adorava ir cantar cânticos de Natal com a minha mãe na véspera de Natal. Agora, não me ocorria nada pior.

É difícil ter doze anos. Ainda é mais difícil ter doze anos quando a nossa mãe parece estar numa missão divina para nos envergonhar. Pelo menos, era assim que eu me sentia nesse Natal.

– Mamã, por favor, não me obrigues a ir. Já não tenho idade para estas coisas – eu sabia que tentar argumentar com ela era uma causa perdida.

– Vá lá, Eddie, divertes-te sempre. As senhoras adoram ver-te. Além disso, como hão-de actualizar a tua altura na ombreira da porta se não apareceres?

A minha mãe sorriu, mas eu sentia-me como se estivesse a caminhar na corda bamba. Se protestasse demais, ela podia obrigar-me a esperar até depois do Natal pela minha bicicleta.

– Está bem. Mas podemos, pelo menos, ser rápidos? Quero ficar com energia suficiente para dizer todas as minhas orações esta noite – já não usava a «desculpa das orações» há anos, mas esperava que a minha mãe se preocupasse mais com as minhas orações do que com os cânticos.

O seu sorriso desapareceu. Bolas.

– Eddie, a tua devoção súbita a Deus é inspiradora, mas acredita, Deus ficará muito feliz por ouvir as tuas orações mesmo que tenhas pouca energia. Agora vai calçar os sacos de Wonder Bread e preparar-te para sair.

Isto estava rapidamente a ir de mal a pior. Nunca me passara pela cabeça que as botas de sacos do pão do meu

pai pudessem ser *ainda* mais embaraçosas, mas, depois de ele morrer, a minha mãe encontrara uma maneira: botas feitas de sacos de Wonder Bread. Agora, não só tinha de usar sacos de plástico baratos por cima dos sapatos, como tinha de usar sacos de plástico baratos com *bolinhas coloridas* por cima dos sapatos. Era um pesadelo total.

– Esta noite não preciso – disse em tom firme. – Vamos de carro.

– Não é negociável, Eddie. O chão está lamacento e não quero que andes a noite toda com os sapatos molhados. Podes adoecer e passar o Natal de cama.

Alguém tinha de dar uma boa lição sobre vírus à minha mãe. Até eu sabia que não se apanhava uma constipação por causa do frio, mas achei que uma aula de saúde não parecia a resposta mais inteligente. Tomei a decisão certa e calei-me.

– Está bem.

Andava à procura dos sacos debaixo do lava-loiça da cozinha quando ouvi a campainha. A porta abriu-se e ecoou pela casa o som ininteligível que ocorre quando duas mulheres adultas se encontram. A tia Cathryn tinha chegado.

Eu já tinha nove anos quando percebi que a «tia» Cathryn não era realmente minha tia – na verdade, era apenas a vizinha do lado. Os filhos dela já eram crescidos e tinham saído de casa, por isso, ela adoptara-nos como sua família. Mas, família ou não, era sem dúvida a pessoa mais simpática que eu conhecia e a minha mãe parecia sempre alegre quando estava com ela.

Com relutância, levei os sacos de Wonder Bread para a sala e sentei-me no sofá, a aguardar a sequência inevitável de acontecimentos que estava prestes a começar.

– Eddiiiiiieeeee, como estás? – a tia Cathryn beliscou-me violentamente as bochechas. Eu detestava que ela fizesse isso. – Feliz Natal! – nunca ninguém poderia acusá-la de ser tímida.

– Muito bem, e a tia Cathryn?

– Eu estou sempre óptima, Eddie, mas obrigada por perguntares. Nem acredito que já é outra vez altura dos cânticos de Natal. Parece que foi ontem!

«A quem o diz», pensei. Mas, pela segunda vez nessa noite, calei-me.

– Oh, olhem para a vossa árvore. Está linda!

A tia Cathryn era a pessoa mais enérgica que eu alguma vez conhecera. Se medíssemos a importância de uma frase pelo entusiasmo com que era pronunciada, a tia Cathryn poderia muito bem ter sido presidente. Mas, de súbito, a sua voz tornou-se invulgarmente suave:

– Mas onde está a estrela?

Embora a árvore estivesse toda decorada, o cimo estava vazio. A estrela que geralmente ocupava esse lugar não estava lá porque não havia ninguém em casa suficientemente alto para a colocar – um lembrete constante de que faltava também *alguém*.

– Eu trato disso – ofereci-me, pois não queria começar a falar sobre o meu pai na noite de Natal. Fui buscar o escadote à despensa e abri-o ao pé da árvore. Depois, voltei à despensa e tirei a estrela branca e simples da caixa. Subi o escadote até ao último degrau, segurei-me e prendi a estrela no sítio. A tia Cathryn sorriu.

– Bem, Eddie – disse a minha mãe –, suponho que isso faz de ti, oficialmente, o homem da casa.

Era evidente que se arrependera das palavras mal acabara de as pronunciar e a tia Cathryn e eu olhámos para o chão, num silêncio embaraçado, mas estávamos ambos a pensar a mesma coisa: não havia nada que quiséssemos menos.

Depois de eu enfiar os sacos de Wonder Bread e estar suficientemente ridículo, entrámos os três no carro, para a viagem até ao lar de terceira idade. De há cinco ou seis anos para cá, íamos lá cantar na véspera de Natal.

A única coisa boa era que cantávamos lá dentro, longe da vista de terceiros. Já seria suficientemente mau ser visto a cantar cânticos de Natal com a minha mãe, mas, se juntássemos os sacos de Wonder Bread e a tia Cathryn, «Eddie Carcaça» pareceria um sonho em comparação com o tormento que eu teria de enfrentar.

A minha mãe conduzia com uma lentidão irritante enquanto a tia Cathryn rodava o botão do rádio. Depois de cinco minutos de estática, interrompida ocasionalmente por dez segundos de música, fartei-me.

– Podemos escolher uma estação e ficar lá? – perguntei. Não tinha controlo suficiente para manter a boca fechada uma terceira vez.

– Claro. Desculpa, Eddie – respondeu a tia Cathryn. – Estava só à procura de uma canção de Natal, para podermos praticar a nossa harmonia.

Soltei uma risada involuntária.

– Harmonia? Se acha que temos harmonia, deve ser tão surda como o nosso público.

E vão duas.

Ergui o rosto e o meu olhar encontrou o da minha mãe no espelho retrovisor. Ela era capaz de me dar um sermão apenas com o olhar, tal era a intensidade. E, neste momento, os seus olhos estavam a dizer-me para me encostar e estar calado.

– Mamã! – o trânsito à nossa frente estava parado. Ela olhou para a estrada e pisou o travão. Parámos, com um guincho dos pneus, a poucos centímetros do pára-choques traseiro do carro à nossa frente. Os olhos da minha mãe procuraram novamente os meus no espelho, mas desta vez não estavam zangados, apenas preocupados.

– Eddie, magoaste-te?

– Não, mamã – sentia-me responsável. A minha brincadeira estúpida distraíra-a.

– Parece que há um acidente ali à frente. Ainda bem que não foi connosco.

Os carros estavam quase parados, arrastando-se a passo de caracol. Uma cacofonia de buzinas soava intermitentemente, abafando a canção de Natal que tocava na rádio.

Cerca de vinte minutos depois, vimos finalmente luzes de carros da polícia e ambulâncias a passarem em sentido contrário. Os carros acidentados tinham sido removidos, mas a estrada ainda estava coberta de vidros. Olhei para o retrovisor e vi a minha mãe inclinar a cabeça e murmurar rapidamente uma oração.

Assim que passámos o local do acidente, o trânsito normalizou, mas, nessa altura, já estávamos muito atrasados para os cânticos.

– O que achas, Eddie, voltamos para trás? – perguntou a minha mãe.

Agradava-me o facto de ela me achar crescido o suficiente para ter direito a voto. O meu primeiro instinto foi dizer «Sim, vamos para casa». Mas depois percebi que era uma boa oportunidade para ajudar a mamã a esquecer as minhas palavras anteriores.

– Não, vamos na mesma – respondi em tom confiante. – Mesmo que não cheguemos a tempo dos cânticos, podemos cumprimentar as pessoas.

Impressionada, a minha mãe olhou para trás. Os seus olhos, mais uma vez, diziam tudo: eu respondera correctamente.

Poucos minutos depois, parámos no parque de estacionamento do lar. Embora eu soubesse que ninguém me veria na caminhada de quarenta segundos até à porta, sentia-me pouco à vontade.

O lar estava demasiado quente e tinha um cheiro «característico». Enquanto percorríamos o corredor até à sala de convívio, ouvi as vozes das outras pessoas a cantar. Ao princípio, apenas sons abafados, mas, à medida que nos aproximávamos, comecei a distinguir a letra de *Deus Esteja Contigo até Nos Voltarmos a Ver.*

Não era nem de longe uma canção de Natal, mas o meu pai sempre insistira para que fosse a última canção a ser cantada todos os anos. Ele dizia que canções sobre o Pai Natal e a neve eram óptimas, mas o que realmente importava era deixar as pessoas com o espírito de Natal – e essa canção conseguia-o sempre. No primeiro ano, eu tentara protestar, mas, quando olhei para cima e vi as lágrimas nos olhos do nosso público enquanto cantávamos, percebi que o meu pai tinha razão.

Deus esteja contigo até nos voltarmos a ver;
Que a Sua orientação sábia te sustente;
Que te receba em segurança no seu rebanho;
Deus esteja contigo até nos voltarmos a ver.

Deixámos de cantar essa canção depois de o meu pai morrer – toda a gente sabia que era demasiado difícil para mim e para a minha mãe ouvi-la. Mas o nosso atraso deste ano dera aos outros oportunidade para a cantar sem a nossa presença. Agora, enquanto as palavras familiares assumiam um significado novo, uma série de memórias invadia-me a mente sem eu esperar.

Tinha seis anos. O meu pai pegou-me ao colo para eu pôr a estrela no alto da árvore de Natal.

Tinha sete anos. O meu pai montou o meu comboio e brincou comigo o dia todo – sem nunca se queixar quando eu lhe pedia para dizer «uu-uu, pouca-terra, pouca-terra».

Tinha oito anos. O papá comprou-me a minha primeira bola de futebol a sério. Jogámos no quintal coberto de neve, até ele estar cansado demais para correr. Ultimamente, cansava-se muito.

Tinha nove anos. Abrimos os presentes no quarto de hospital do meu pai. A mamã disse que a quimioterapia o enfraquecia demasiado para vir a casa. Ele apertou-me a mão e disse-me que em breve voltaríamos a jogar à bola. Eu não o deixei ver-me chorar.

Os meses passaram numa confusão de imagens à frente dos meus olhos e estava agora no funeral do meu

pai. Ele parecia tranquilo e mais saudável do que no último ano de vida. Não era justo. O coro cantou a sua canção preferida:

Deus esteja contigo até nos voltarmos a ver;
Que estejas protegido sob as Suas asas;
Que Ele te dê o pão de cada dia;
Deus esteja contigo até nos voltarmos a ver.

– Eddie? Vens?

Eu estava sozinho no corredor.

– Toda a gente te quer ver.

Lá dentro, os cânticos continuavam.

A sala de convívio tinha exactamente o mesmo aspecto e cheiro dos anos anteriores. Havia flocos de neve recortados em cartolina pendurados nas paredes e uma árvore de Natal pequena e demasiado carregada de decorações no canto mais distante. Em cima de uma mesa de armar estava uma tigela de ponche encarnado, intacta.

– Eddie!

Eu mal tinha entrado na sala.

– Olá, senhora Benson.

A senhora Benson dirigiu-se a mim, com as rodas do seu andarilho a girarem sobre o linóleo, seguida por vários outros rostos familiares. Eu sabia que era inevitável uma sessão de beliscões nas bochechas e perguntei a mim próprio com que idade é que um rapaz seria grande demais para esta humilhação.

Alguns minutos mais tarde, os abraços, apertos de mão e comentários de «Eddie, estás tão crescido!» finalmente acalmaram. Tinha as bochechas doridas, mas era bom estar junto de tantas pessoas que queriam estar perto de mim.

– Então, Eddie, o que queres pelo Natal este ano? – a senhora Benson parecia orgulhar-se de ser a primeira a fazer-me essa pergunta todos os anos. Geralmente, eu dizia-lhe que não sabia, mas, com a minha mãe sentada a pouca distância, aproveitei esta última oportunidade para me certificar de que a minha mensagem fora bem recebida.

– Uma bicicleta Huffy encarnada com assento preto – respondi, um pouco mais alto do que seria necessário.

– Que bela ideia – respondeu a senhora Benson, claramente surpreendida por, ao fim de tantos anos, eu ter finalmente uma resposta específica. – Já está na altura de teres uma bicicleta. Bem a mereces, depois de tudo o que passaste.

«Ela nem faz ideia», pensei. «Não só mereço uma bicicleta, como a conquistei.»

Depois de duas horas de sorrisos calorosos e cantorias desafinadas, deixámos o lar e voltámos para casa. Eu podia mentir e dizer que a noite parecera durar uma eternidade, mas a verdade é que passara demasiado depressa. Tinha-me esquecido do quanto gostava de estar com aquelas pessoas. Elas ajudavam-me a sentir o espírito de Natal e a esquecer as saudades que tinha do meu pai, para não falar nas nossas dificuldades financeiras e nas minhas botas de sacos do pão. É engraçado como ser criança parecia melhor quando se estava rodeado de pessoas mesmo velhas.

A minha mãe tinha um sexto sentido para as ocasiões de «Eu bem te disse» e não perdeu tempo a confirmar as suas suspeitas.

– Não foi tão mau como pensavas, pois não, querido?

– Acho que não – não ia ceder sem mais nem menos.

– A vida é aquilo que fazemos dela. Há sempre risos e diversão mesmo debaixo do nosso nariz, se estivermos dispostos a abrir os olhos para ver.

O meu olhar cruzou-se com o da mamã. Desta vez, não consegui ler os seus olhos. Não sabia se ela estava apenas a tentar reforçar a sua lição de vida, ou se estava a tentar levar-me a confessar que tinha visto o bilhete que me deixara debaixo da cama. Não disse nada e desviei o olhar.

– Na maior parte das vezes, estamos tão obcecados com aquilo que pensamos querer que nem percebemos como já somos felizes – continuou ela. – Só quando esquecemos os nossos problemas e ajudamos os outros a esquecer os deles é que damos valor àquilo que temos.

Eu sabia que ela tinha razão, mas estava muito mais interessado em preparar-me para ir para a cama do que em ter uma conversa profunda. Era noite de Natal e, dentro de poucas horas, iria receber a bicicleta que ia mudar a minha vida.

Subi as escadas, lavei os dentes o mais depressa possível e vesti o pijama de Natal feito pela minha avó. Era roxo. Embora eu não quisesse que ninguém me visse com ele vestido, fiquei um pouco triste quando pensei que este seria provavelmente o último Natal em que o vestiria. Todos os anos a minha avó me mandava um novo e, embora um pijama não pudesse competir com uma bicicleta, era o único presente que eu tinha a certeza que ia adorar. Melhor ainda, quando o vestia, pensava nela. A avó era como uma sequóia – forte e calada, e eu sentia-me sempre seguro à sombra do amor dela.

– Mamã – comecei, cuidadosamente, enquanto me enfiava na cama. – Tenho doze anos. Tens mesmo de me aconchegar?

– Sim, senhor, tenho mesmo.

– Mas sou quase um homem – suponho que as palavras teriam tido mais impacto se não estivesse a dizê-las debaixo de uma colcha da Guerra das Estrelas.

– Imagino que, um dia, ambos perceberemos que está na altura de haver uma mudança. E já agora, meu *homenzinho*, eu não estou a aconchegar-te. Estou apenas a sentar-me um bocadinho ao pé de ti para dizer boa noite. É diferente.

– Está bem.

– Além disso, quero falar contigo sobre esta noite. Sei que ouviste a canção.

O sono e a manhã de Natal estavam tão perto. A última coisa que eu queria era mais uma lição de vida da minha mãe.

– Qual canção?

Ela ignorou a minha tentativa pouco convincente de alegar ignorância.

– O teu pai cantou-me essa canção pela primeira vez no fim do nosso primeiro encontro. «Até nos voltarmos a ver, até nos voltarmos a ver, Deus esteja contigo até nos voltarmos a ver.» – riu-se. – Ele tinha uma voz horrível. Até me encolhi quando cantou, mas achei a coisa mais querida que alguma vez me tinham feito. Claro, quando contei à avó, ela ficou toda derretida. «Não o deixes fugir», disse-me, como se cantar um hino religioso pudesse tornar um homem perfeito. Não tive coragem para lhe dizer que o papá provavelmente ouvira a canção na rádio, não na igreja.

Fiz os possíveis por não demonstrar absolutamente qualquer emoção. Calculei que, se a mamã era boa a falar com os olhos, também devia ser boa a lê-los, e não queria encorajá-la a continuar a falar. Mas não resultou, ela continuou a falar.

– Vi-te no corredor, enquanto ouvias a canção. Sei que te fez sentir saudades do papá. Eu também tenho saudades dele. Cada vez mais, a cada dia. Mas ele não partiu, realmente. Está aqui, agora mesmo, a olhar por ti. Tem os braços à tua volta.

Como de costume, a minha mãe estava certa. Eu tinha saudades do meu pai. Muitas saudades. Talvez eu fosse demasiado novo para perceber aquilo que tinha enquanto ele era vivo, ou talvez ele trabalhasse demasiado, mas agora, em retrospectiva, o que perdera era perfeitamente claro. E doía *muito.*

– Mas, querido – continuou a minha mãe –, não estás a perceber o que a canção realmente diz. Não estás a perceber a parte mais importante e a razão pela qual o papá gostava tanto de a cantar – começou a cantarolar baixinho as palavras. – «Quando os perigos da vida nos confundem, os Seus braços leais estão sempre à nossa volta.» Deus tem sempre os braços à tua volta, Eddie. E à volta do papá também. Sempre que o teu pai tinha um dia mau no trabalho, eu cantava-lhe estes versos e ficava tudo bem.

Nessa altura, as minhas tentativas para me manter inexpressivo caíram por terra e uma lágrima escapou do meu olho esquerdo e rolou-me pela face. Esperei que a minha mãe não a visse, mas era pouco provável.

– Além disso, se Deus não estivesse agora aqui, connosco, porque teríamos este céu maravilhoso? Olha para as nuvens, Eddie. Estão cheias de neve. E quando Deus as espremer do Céu, esta noite, vamos ter um Natal branco como o teu pai sempre adorou – sorriu-me com os olhos castanhos e doces repletos de amor e acrescentou: – Portanto, boa noite. Tenta dormir e não te levantes antes de o dia nascer – piscou o olho. – A manhã de Natal só começa quando for *manhã*.

Apagou a luz ao sair e a minha luz de presença acendeu-se, recordando-me que ainda não era bem um homem.

Olhei para a janela, decidido a não adormecer enquanto não visse o primeiro floco de neve. Os versos que a minha mãe cantarolara baixinho tinham-me ficado na cabeça. *Quando os perigos da vida nos confundem, os Seus braços leais estão sempre à nossa volta*. Ela tinha razão, provavelmente, mas eu continuava a sentir-me sozinho com os meus fardos. Era um miúdo de doze anos sem pai e sem dinheiro.

Enquanto olhava para a janela, à espera que a tempestade começasse, não fazia a mais pequena ideia de

que, em breve, precisaria dos braços Dele mais do que alguma vez julgara possível.

A tempestade da minha vida já estava em formação.

Willum's
BAKER'S
chocolate

Quatro

O cheiro das panquecas da minha mãe era tão intenso e delicioso que conseguiu acordar-me.

Saltei da cama e corri para a janela. Havia qualquer coisa mágica em adormecer com o chão árido e seco e acordar para o ver sob um manto branco e fofo de neve.

Mas a magia teria de ficar para outro dia, pois o jardim da frente ainda estava coberto apenas com a mesma neve grossa e cinzenta que caíra dias antes. Ergui os olhos para o céu. As nuvens teimosas ainda pareciam estar cheias de neve, mas, até agora, não se tinham mostrado dispostas a deixá-la partir.

O pior era que eu sabia que a mamã não compreenderia a minha desilusão. Ela sempre foi uma daquelas pessoas que achavam a neve uma chatice. Gostava da *ideia* de neve, mas odiava quase tudo o resto. Limpá-la com a pá era uma trabalheira, o vidro do carro demorava uma eternidade a descongelar, e conduzir, mesmo sobre uma pequena quantidade de neve, estava fora de questão. Eu costumava dizer-lhe que ela era o Grinch da neve, até ter idade suficiente para começar a usar a pá e compreender finalmente o que ela queria dizer.

Mas se a mamã era o Grinch, o papá era o presidente de Whoville. Para ele, a neve nunca era demais. Ficávamos acordados até tarde, à espera de que começasse o nevão anunciado, a beber chocolate quente e a ouvir rádio para saber se fechariam as escolas.

Em dias como essa manhã de Natal, quando os meteorologistas se tinham obviamente enganado, eu ficava frustrado e perguntava ao meu pai como era possível que, com toda esta tecnologia, ainda não conseguissem saber se ia nevar ou não. Era uma pergunta retórica mas, uma vez, ele deu-me uma resposta que nunca esquecerei:

– Eddie – disse –, se o meu pão fosse tão bom como as previsões desses idiotas, a nossa padaria iria à falência e nunca teríamos um pão em casa.

Fiz um esforço para não me rir. O papá demorou um segundo a perceber o que tinha dito. Fez uma pausa, olhou para o sorriso no meu rosto e disse:

– Bom, se isso acontecesse, continuaríamos a nunca ter pão, mas também não terias botas bonitas para a neve – foi uma das poucas vezes em que me ri das minhas botas de sacos do pão.

Nas raras ocasiões em que os meteorologistas acertavam, o papá acordava-me cedo, quando voltava para casa depois de fritar os *donuts* na padaria. Bastava-lhe dizer «Eddie, vai à janela!» para eu saltar da cama e me encostar ao parapeito da janela. O papá punha a mão na minha cabeça e, juntos, ficávamos ali, em silêncio, a ver a neve cair.

Houve uma tempestade que nunca esquecerei. Começou durante a tarde e à noite nevava tanto que já tinham anunciado o fecho das escolas no dia seguinte. A minha mãe, o Grinch, não queria acreditar.

– Como é que podem anunciar o fecho das escolas tão cedo? Pode parar de nevar a qualquer momento!

O papá e eu fizemos os possíveis por a ignorar. Éramos como um minigrupo de apoio à neve e não queríamos que ela estragasse a nossa alegria.

Depois de escurecer, vestimo-nos e decidimos fazer uma viagem totalmente desnecessária à loja de electrónica, que ficava a cerca de três quarteirões da nossa casa. Saímos pela porta lateral para a garagem, onde o meu pai guardava a sua grande carrinha Impala castanha de 1972, com os painéis a imitar madeira. O papá comprara a carrinha «quase nova» em 1974 e estava terrivelmente orgulhoso quando a trouxe para casa.

O nosso Impala era o carro perfeito para um miúdo, porque era «moderno» e cheio de «tecnologia». A porta da mala não abria para fora como as dos carros das outras pessoas, porque esta era curva e eléctrica. Com um toque num botão, metade da porta desaparecia magicamente dentro do tejadilho e a outra metade no chão do carro. Até tinha uma terceira fila de assentos, virados para trás. Em retrospectiva, o Impala devorador de combustível provavelmente não fora a melhor compra no auge da crise do petróleo, mas talvez tenha sido por isso que o meu pai conseguiu comprá-lo.

– Não vamos de carro! – exclamou o meu pai quando me viu dirigir-me a ele. Baixou-se, agarrou no puxador da porta da garagem e levantou-a. – Vamos a pé.

Quando a porta se abriu, era como se estivéssemos a olhar para um mundo de sonho. Ainda nevava, mas era uma neve tão leve, tão fofa, que caía no solo com um murmúrio quase inaudível. O ar estava frio e revigorante, com um leve cheiro a fumo proveniente das lareiras dos nossos vizinhos.

As luzes da rua emitiam um brilho pacífico e surreal. A neve parecia cair com mais intensidade sob o brilho dos candeeiros, mas eu sabia que era apenas uma ilusão.

O papá pegou-me na mão e percorremos o curto caminho até à estrada. Instintivamente, tentei virar onde o passeio estaria, mas o meu pai puxou-me para a estrada e eu não disse uma palavra.

Caminhámos pelo meio da estrada, de mãos dadas, sem avistar um carro que fosse. De cada vez que passávamos por baixo de um candeeiro, eu olhava para cima e via o brilho amarelado iluminar a fina camada de neve no casaco de lã pesado do meu pai. Olhámos um para o outro e sorrimos – o Grinch não estava por perto para dar cabo da nossa alegria.

Era tudo perfeito. Na verdade, era tudo perfeito *demais* – eu devia ter percebido que não podia durar.

Fiquei tão desiludido com a ausência de neve nessa manhã de Natal que nem reparei em como o chão estava frio. Calcei os meus chinelos – um presente do Pai Natal no ano anterior – e desci as escadas. Pela primeira vez na minha vida, não ia arrancar a mamã à cama na manhã de Natal.

A minha sonolência deu lugar a antecipação e o meu coração começou a bater mais depressa. Fui dominado por visões da minha bicicleta nova. Sabia que, como fizera uma promessa a Deus para a ganhar, este seria o ano em que receberia por fim exactamente aquilo que merecia. Esperara pacientemente durante tanto tempo, enquanto via todos os meus amigos receberem a bicicleta que pediam. Agora era a minha vez. A mamã tinha razão, os braços Dele estavam à minha volta e, depois de tudo o que eu tinha passado, iam entregar-me o único presente que podia voltar a fazer-me feliz.

Na sala, havia música de Natal a tocar na grande aparelhagem Magnavox. O gira-discos levava oito álbuns ao

mesmo tempo. Quando um acabava, o braço levantava e o álbum seguinte caía no prato. Nessa manhã, todos os álbuns eram da série de Natal Firestone. Acho que os recebemos como oferta, um ano, quando comprámos os pneus novos para a carrinha.

Quando virei a esquina e entrei na sala, ouvi Julie Andrews e a minha mãe a cantarem juntas. «Eles sabem que o Pai Natal vem a caminho, traz o trenó carregado de brinquedos e guloseimas.»

– Feliz Natal, Eddie! – ela viu-me e apareceu a dançar à porta da cozinha. Limpou as mãos ao avental e estendeu--as para pedir um abraço de Natal.

– Feliz Natal, mamã – disse, enquanto lhe dava um meio abraço típico de rapaz de doze anos. Não queria sujar o pijama com a farinha das panquecas e sabia que se a deixasse dar-me um abraço a sério, só daí a cinco minutos me conseguiria libertar.

Soltei-me o mais depressa que pude e corri para a árvore, que estava a um canto. Uma corda de luzes demasiado grandes para o pequeno pinheiro brilhava à volta da árvore. Fios de pipocas e pingentes de papel de alumínio ligavam ornamentos de vidro, madeira e papel. Poucos eram de compra. Muitos eram o resul-

tado de projectos escolares ou de actividades familiares, mas a maioria tinha sido feita pela minha mãe ao longo dos anos.

Passei o olhar experiente pela saia de feltro verde na base da árvore, onde a minha mãe bordara a cena da Natividade. Havia apenas uns dois presentes que não estavam lá na véspera e só um que não reconheci imediatamente da Operação Espreitadela. Nenhum deles tinha tamanho suficiente para ser uma bicicleta, nem de longe, mas não perdi totalmente a esperança. Sabia que a mamã tinha herdado o suficiente do avô para me fazer passar pelo mesmo tipo de jogos de gato e rato. Alguns anos antes, ela esperara até todos os meus presentes estarem abertos para apontar pela janela das traseiras para o meu último presente: um trenó novinho em folha com um grande laço por cima.

Com esse Natal ainda bem presente na cabeça, comecei a tentar perceber onde é que a mamã teria escondido a bicicleta. Havia muitas possibilidades, mas o meu palpite era que ela tinha embrulhado apenas uma fotografia da Huffy e colocara a bicicleta propriamente dita na garagem. Seria mesmo coisa dela – manteria o mistério e, ao mesmo tempo, não desperdiçaria papel

de embrulho, algo com que parecia estar sempre preocupada.

Agarrei num presente para ver melhor o que estava por trás, na esperança de encontrar algum que ainda não tivesse visto.

– É para mim? – cantarolou a mamã.

Ela era rápida demais para mim.

– Oh, sim, Feliz Natal – virei costas aos presentes com relutância e entreguei-lhe a prenda que comprara com dinheiro ganho a apanhar framboesas na quinta do meu avô durante o Verão.

Ela abriu cuidadosamente o embrulho mal feito.

– Luvas! – exclamou com um pouco de entusiasmo a mais para eu acreditar nela. Depois ficou com uma expressão pensativa e disse mais baixo: – Na verdade, precisava mesmo de umas luvas novas. São perfeitas, querido. Obrigada.

Nem a ouvi, pois estava demasiado ocupado à procura do outro presente que tinha para ela. Encontrei-o e entreguei-lho.

– Aqui está o outro presente para ti.

– Oh, céus, outro? – perguntou ela, enquanto pegava na pequena caixa rectangular. Lá dentro estava um pos-

tal feito à mão e um chocolate. – «Feliz Natal, Mãe» – leu ela em voz alta. – «És tão doce como este chocolate.» – riu-se. – Eddie, foste mesmo tu que compraste isto?

– Sim – respondi, com orgulho. – Pensei que podias comê-lo ou fazer biscoitos.

– Sabes o que é chocolate Baker's?

– É chocolate de culinária, não é? – respondi. A mamã sorriu ao pensar em como eu adorava bolachas mas, evidentemente, não ouvira uma palavra do que o meu pai me dissera sobre o seu fabrico.

– Sim, querido, mas não é muito... – parou e sorriu como se tivesse sido a melhor prenda de Natal que recebera em toda a sua vida. – Tu, *tu* é que és o rapazinho... quer dizer, homenzinho... mais doce do mundo – depois abriu o chocolate amargo e comeu um quadrado com os olhos semicerrados e um sorriso no rosto. – O melhor chocolate que já provei.

Aproximou-se de mim e abraçou-me. O abraço pareceu durar uma eternidade.

– É a minha vez? – perguntei, ansioso.

– É a tua vez, querido.

Primeiro, abri os presentes que já tinha... bem, que já tinha aberto. Esforcei-me ao máximo por parecer surpreendido enquanto os mostrava à minha mãe: luvas tricotadas pela minha prima, uma bola de basebol de um tio que não via há anos e um saco de rebuçados que me pareciam os que não chegara a comer no ano anterior. Pensei com os meus botões se a mamã embrulharia todos os anos o mesmo pacote de rebuçados desde que eu tinha quatro anos.

Finalmente. Faltava apenas um presente. Era uma caixa bastante grande, mas leve. «Por favor, meu Deus», pensei, «faz com que seja uma fotografia ou um bilhete ou cartão escrito à mão.» Nem queria acreditar que estava *mesmo* a desejar não encontrar uma pressão de ar ou um conjunto de *walkie-talkies*, mas a Huffy era o único presente que tinha na cabeça. Era o único presente que me deixaria feliz.

A mamã decorara a caixa com um grande laço e uma fita que se parecia muito com a que eu tirara do meu presente de aniversário. Rasguei papel de embrulho com renas e flocos de neve, até ficar apenas com uma simples caixa castanha. O meu coração batia como um louco quando levantei lentamente a tampa e afastei o papel de seda branco amarrotado.

Era uma camisola.

– Gostas? – perguntou a minha mãe, enquanto eu olhava para o presente, incapaz de falar. Ela agitou-se no sofá e cruzou os braços, enquanto esperou pela resposta durante vários segundos.

Agarrando-me aos últimos fragmentos de esperança, desdobrei a camisola, na expectativa de que houvesse qualquer coisa escondida lá dentro que levasse a uma bicicleta. Abanei-a o melhor que pude sem dar muito nas vistas, mas não aconteceu nada. Foi então que percebi que não teria uma bicicleta esse ano – apenas uma camisola estúpida e feia, feita à mão.

– Gostas? Gostas mesmo? – a mamã estava com esperança de que o meu silêncio se devesse a uma alegria esmagadora.

Uma camisola estúpida e feia, feita à mão, que não era uma bicicleta.

– Claro, mamã, é gira – eu devia chorar. Tinha direito a chorar, pensei, mas este era o tipo de tristeza que não inclui lágrimas. Se eu não tivesse trabalhado tanto o ano todo, se não tivesse pensado na bicicleta em cada segundo de cada dia, se não tivesse prometido a Deus que a *mereceria*, talvez não tivesse reparado que a cor da lã condizia perfeitamente com as bolinhas dos sacos de

Wonder Bread das minhas botas. Mas fizera todas essas coisas, e reparei.

– Tenho muita pena que não tenhas tido a bicicleta, querido – a voz da minha mãe era demasiado suave e terna para a forma como eu me sentia. – Mas a reparação do telhado foi muito mais cara do que eu esperava. Sei que compreendes. Talvez consiga poupar o suficiente para a comprar no próximo ano.

Eu compreendia, lá isso era verdade. Compreendia que seríamos sempre a família pobre e que eu seria sempre o rapaz pobre, com botas de sacos de plástico e sem bicicleta.

Olhei para a camisola e senti a temperatura do meu corpo subir, quase como se já a tivesse vestido. Não sabia quem me desiludira mais: a mamã, por não me ter comprado o que eu merecia; o papá, por não olhar por mim como devia; ou Deus, por ter ignorado a minha promessa. Estava tão desiludido com todos eles que me esqueci de que devia encostar a gola ao queixo como se estivesse a experimentá-la.

– Espero que sirva! – disse a minha mãe, tentando lembrar-me, mas eu não percebi a indirecta.

– Deve servir – respondi, sem entusiasmo. Por fim,

a minha mãe levantou-se, tirou-me a camisola das mãos e encostou-a às minhas costas. Pressionou os dedos nos meus ombros, enquanto esticava as costuras sobre o contorno do meu corpo.

– Oh, sim – disse. – Da maneira como estás a crescer, deve ficar mesmo boa no próximo Outono! – ela estava demasiado entusiasmada com tudo isto.

Só consegui dar uma resposta pouco convincente.

– Obrigada, mamã, é muito gira.

– É igual às mais caras que vendemos na Sears – acrescentou ela em tom orgulhoso, tentando combater a desilusão óbvia que se espalhara involuntariamente no meu rosto. – Pedem quase quarenta dólares por uma camisola de lã feita à mão. Não podia pagar tanto, claro, mas consegui juntar o suficiente para comprar lã da melhor – parou de falar e olhou para mim como se estivesse embaraçada por ter de explicar o seu presente.

– É óptima, a sério. A sério. Estava a precisar de uma camisola – não conseguia ultrapassar a minha desilusão nem olhar para além de mim próprio e ver o que o presente significava para ela.

Pensei no bilhete que a mamã me deixara debaixo da cama. Ela tinha razão, eu não vira a minha prenda. A mamã andava a fazê-la à minha frente, todas as noites, enquanto me obrigava a ver *Uma Casa na Pradaria*. (Ela achava o pai Ingalls giro e eu tinha de sofrer por causa disso.) Mas, agora, tudo fazia sentido. Uma estúpida prenda feita à mão enquanto víamos uma série estúpida. Eu apostava que os meus amigos que podiam ver as séries que queriam, como *Starsky & Hutch*, também recebiam os presentes que tinham pedido.

A minha desilusão com a ausência de neve parecia agora insignificante em comparação com a desilusão que fora o meu presente. «És um idiota», pensei para mim próprio. «Já devias saber. Devias ter percebido.»

A mamã olhou para mim com olhos que, para variar, eram surpreendentemente difíceis de ler. Estaria aliviada por eu parecer contente ou teria percebido que eu estava apenas a fingir? Honestamente, nesse momento, não me importava, mas sabia que não conseguiria manter esta fachada para sempre. Tinha de fugir.

– Vou arrumá-la no meu quarto. Volto já – senti um ardor familiar e implacável nos olhos. Corri pelas escadas acima antes que a mamã pudesse ver as minhas lágrimas.

Cinco

A janela do meu quarto dava para a rua em frente da nossa casa. Antes de o meu salto de crescimento pré-adolescente, eu conseguia pôr-me de pé em frente à janela, apoiar os cotovelos no parapeito e pousar o queixo nas mãos.

Nessa manhã de Natal, já era alto demais para o conseguir fazer, por isso, afastei-me alguns centímetros, pus as mãos no parapeito e inclinei-me para a frente, até ficar com a testa encostada ao vidro frio. O gelo queimou-me a pele, mas sentia que merecia essa dor.

Começara finalmente a nevar. Caíam flocos grandes e maravilhosos e a fina camada que cobria a rua indicava

que já estava a nevar há algum tempo. Suponho que estava demasiado ocupado com pena de mim próprio para reparar.

Estava prestes a virar-me quando vi a menina do outro lado da rua a andar em frente à garagem na sua bicicleta nova. O pai acompanhava-a como se não confiasse nas rodinhas de apoio no asfalto escorregadio. Os meus olhos começaram de novo a arder.

Dirigi-me à cama e deixei-me cair em cima dela. Luke Skywalker provocou-me com a memória de um presente de Natal fantástico do passado. A imagem da menina na bicicleta não me saía da cabeça. Vi as rodinhas a girarem enquanto ela andava, como se fosse a rapariga mais livre do mundo. Livre para viajar até duas, três, talvez quatro casas de distância. *Livre.*

Concentrei-me no tecto. Estava imundo. O telhado deixava passar água sempre que chovia e a humidade infiltrava-se no estuque, deixando manchas e traços. Nada na minha vida era perfeito. Os outros miúdos tinham bicicletas novas, pai e mãe *e* tectos que não deixavam passar água. Não era justo.

– Eddie! – chamou a minha mãe do corredor, abrindo a porta do meu quarto. – Já foste à janela? O presente do papá para ti chegou... é um milagre de Natal! Já não nevava assim desde...

Eu estava a olhar para o tecto e não consegui olhar para ela quando entrou. Sabia que o meu rosto me trairia. Mas, após alguns segundos de silêncio, sentei-me na cama para ver o que se passava. A mamã estava a olhar para o chão ao lado da minha cómoda.

– Aquilo é a tua camisola? – perguntou baixinho. Eu atirara-a para o chão sem pensar. Estava toda enrolada, como algo cujo lugar era no lixo.

– Desculpa. Devia tê-la posto no sítio – disse, humildemente, enquanto me levantava da cama.

– Parece que já puseste – respondeu ela. A dor na sua voz e a desilusão no seu rosto não me deviam ter surpreendido, mas surpreenderam-me. Depois de alguns instantes de silêncio, ela ergueu o olhar da camisola e fitou-me directamente nos olhos. – Por favor, não trates assim a tua camisola.

Eu sabia que não tínhamos muito dinheiro, mas, até àquele momento, não me tinha apercebido de como isso pesava sobre a minha mãe. Na minha mente, vi-a a passar pelas bicicletas novas na Sears, todos os dias, enquanto estava a trabalhar, sabendo qual era a que eu

queria e sabendo que não a podia comprar. Vi-a a olhar para as camisolas que eu não queria e que ela não podia comprar, a escolher lã e a tricotar todas as noites, enquanto tentava convencer-se a si própria de que, de alguma forma, eu compreenderia e gostaria tanto da camisola como de uma bicicleta nova. Sabendo, no fundo do coração, que isso nunca aconteceria.

Fiquei ali sentado, cheio de vergonha, e vi a mamã apanhar a camisola, com tanto cuidado como se fosse um gatinho ferido. Dobrou-a lentamente e colocou-a em cima da cómoda. Ficou ali um instante, com as mãos a pressionar a camisola como se quisesse alisar rugas que não existiam.

Eu não sabia o quanto a minha mãe ainda acreditava na magia de Natal, até que a vi morrer para ela, numa bola amachucada no chão do meu quarto.

A mamã saiu do quarto e fechou cuidadosamente a porta sem dizer outra palavra. Os meus olhos começaram outra vez a arder. Aproximei-me da janela, na esperança de que a neve me animasse. Encostei de novo a cabeça ao vidro frio. A menina da frente desaparecera e a neve também. Um último floco dançou lentamente até ao chão. Parecia tão triste e sozinho como eu.

Depois, começou a chover.

Quando o meu pai adoeceu, a mamã e alguns amigos da família mais chegados tentaram manter a Padaria City em funcionamento. Fizeram o melhor que puderam, mas rapidamente se tornou óbvio como o meu pai era bom na sua profissão. Uma receita podia parecer uma simples lista de ingredientes e instruções, mas era evidente que as suas criações implicavam muito mais do que apenas o que estava escrito num monte de páginas velhas com nódoas de gordura.

Quando o papá morreu, a minha mãe vendeu rapidamente o negócio. Suponho que seria inevitável, de qualquer maneira. A baixa da nossa cidade, tal como o meu pai, estava a morrer lentamente há vários anos. Não sei quanto é que ela conseguiu com a venda, mas sei que não deve ter sido muito, porque mesmo depois de recebermos o cheque, eu continuava a não poder pedir leite quando íamos jantar fora. Acho que ela usou a maior parte do dinheiro para pagar as contas médicas do meu pai.

Nunca pensei que teria saudades da padaria, mas a verdade é que tinha. Muitas saudades. Não tinha sauda-

des de lavar os tachos ou de varrer o chão, mas tinha saudades de estarmos juntos. Embora estivéssemos todos a trabalhar, estávamos a trabalhar *juntos*. De alguma forma, isso passara-me ao lado até o perder.

Durante muito tempo, depois de a vender, a mamã evitava passar de carro pela padaria, mas alguém me dissera que era agora uma sapataria. Acreditei, apesar de ser demasiado difícil imaginar alguém a experimentar um par de sapatos de salto alto no mesmo sítio onde o meu pai partia ovos ou amassava o pão.

Mais ou menos na mesma altura em que a mamã vendeu a padaria, vendeu também a nossa casa e o nosso carro. Suponho que estava a tentar cortar definitivamente com o passado. O Impala foi trocado pela nossa carrinha Pinto e a casa por outra tão pequena que a garagem para um carro tinha quase o dobro do espaço do interior.

Eu não gostava das coisas novas, mas pelo menos a Pinto não tinha o cheiro da colónia Old Spice do papá entranhado no tecido dos encostos de cabeça, e a casa nova não cheirava constantemente ao bolo de chocolate alemão do papá.

Pensar em todas as mudanças que tinham acontecido tão de repente na minha vida só agravava a minha infelicidade. Se o papá ainda fosse vivo e ainda tivesse a padaria, teríamos dinheiro suficiente para comprar a minha bicicleta. Não era justo. Porque estava eu a ser castigado?

Depois de uma hora a olhar para a chuva, voltei a descer. A minha mãe estava na cozinha.

– Há alguma coisa para almoçar? – perguntei, na esperança de podermos fingir que o incidente da camisola nunca acontecera.

– Já não temos tempo. Vamos para casa dos avós. Vai vestir a camisola… a tua avó ajudou-me a escolher a lã e o padrão e está ansiosa por te ver com ela – disse-o sem qualquer alegria. Tal como eu, aparentemente decidira fingir que o incidente da camisola nunca acontecera.

Da maneira que as coisas estavam, eu *não* queria ir à quinta dos meus avós e decididamente *não* queria usar uma camisola que tinha a certeza de que seria demasiado quente e desconfortável, que devia fazer comichão e que não era uma bicicleta.

Subi e vesti a camisola. O espelho de corpo inteiro pendurado atrás da porta chamou-me a atenção. Olhei para os meus próprios olhos. O que estava eu a fazer? Olhei para o meu reflexo, com a camisola que sabia ter

dado tanto trabalho à minha mãe e da qual estava tão orgulhosa. Queria gostar dela, mas não conseguia.

Saí do quarto, bati com a porta e andei pela casa de forma ruidosa. Recordando as lições do meu avô, tentei fazer barulho suficiente para deixar clara a minha insatisfação, mas não o suficiente para me arranjar problemas.

Não resultou.

A mamã deu-me dois sacos do pão e lançou-me um olhar furioso, que não me atrevi a tentar decifrar. Nunca me ocorrera que a mamã conheceria os truques do seu próprio pai muito melhor do que eu.

Seis

Só vou dizer isto uma vez, Edward Lee. Quando chegarmos à quinta, vais agir como um rapazinho que está a ter um Natal feliz. Entendido?

Era sempre mau sinal quando a mamã usava o meu nome completo, mas usar o meu primeiro nome completo *e* o segundo nome era quase sem precedentes. Era um alerta vermelho.

– Entendido – respondi secamente, enquanto olhava pela janela de trás da nossa Pinto. Sempre me fizera confusão o facto de a minha mãe estar disposta a conduzir durante tanto tempo para estar tão pouco tempo com os

meus avós. A viagem demorava hora e meia para lá e outro tanto para cá, e raramente ficávamos mais de duas horas, a não ser que lá passássemos a noite.

À excepção do som da chuva que caía sobre o tejadilho e saltava de baixo dos pneus, fizemos a viagem quase em silêncio total. A minha mãe manteve os olhos na estrada e nem sequer olhou para mim pelo retrovisor.

O rádio tocava uma canção de Natal dos Carpenters, mas parecia tão deslocada como se estivéssemos em Julho. A mamã esticou-se e abriu metade da janela do lado do passageiro, deixando entrar o ar frio e húmido no carro. O aquecimento da Pinto só tinha duas posições: Desligado e Fornalha. Eu não sabia se ela estava a ficar com sono ou se simplesmente teve pena de mim, com a minha camisola de lã grossa.

À medida que avançávamos, as casas foram-se tornando cada vez mais espaçadas, até que, por fim, vi as primeiras da série de pequenas quintas que havia na rua dos meus avós. Uma delas estava obviamente vazia. A cerca de madeira tinha vários buracos, o relvado da frente estava demasiado grande e a velha casa parecia vazia e decrépita. Julguei ver um clarão numa das janelas partidas.

«Não. Deve ter sido um reflexo. Quem é que viveria num sítio destes?»

Menos de um minuto depois, vi os arbustos de hidrângeas da avó e o velho arado que o avô colocara ao fundo do caminho para assinalar o local da sua pequena horta de framboesas e das capoeiras. A mamã virou em direcção à casa e o som dos pneus a esmagarem a gravilha molhada entrou pela janela do carro.

O motor da Pinto ficava sempre a trabalhar ainda uns segundos depois de ser desligado. Geralmente, eu fazia disso um jogo e tentava sair do carro antes de o ruído parar, mas desta vez esperei que a mamã saísse antes de a seguir com alguma relutância.

– Feliz Natal, Mary!

– Feliz Natal, mamã! – respondeu ela. A sua voz parecia ter-se suavizado um pouco desde que falara comigo.

– Feliz Natal, Mr. Eddie – provocou-me o meu avô. Ria-se sempre que me chamava isso. Eu não percebia, até que um dia a mamã me chamou para ver a reposição de um velho programa com um tipo que falava com o cavalo. Mas acho que Wilbur nunca tratou *Mr. Ed* por «Mr. Eddie», pois não?

– Olá, avô – resmunguei. Estava a esforçar-me por manter a minha atitude carrancuda, mas era sempre difícil ao pé dele.

– Mas que *linda* camisola – disse a avó, segurando-me pelos ombros. Felizmente, ela não era uma beliscadora de bochechas. – E tão bem-feita – lançou um rápido olhar de aprovação à minha mãe. – Gostaste, Eddie?

Olhei para a minha mãe. Ela observava-me, inexpressiva, à espera para ver o que eu ia dizer. Depois de considerar rapidamente todas as respostas possíveis, disse:

– Gostei. Pica um bocadinho... ou faz comichão... ou lá o que é. Mas é gira. Gostei.

O olhar gelado da minha mãe fez com que a caminhada até à porta parecesse ter um quilómetro. Os seus olhos estavam novamente a dar-me um sermão.

O meu avô era um homem grande, com cabelo cor de neve, mais branco do que cinzento, mas não como se fosse muito velho. Durante anos, acreditei que ele era o Pai Natal. Ele e a avó tinham a mesma idade, mas ela tinha um cabelo castanho muito bonito, com apenas alguns fios grisalhos.

– Um milagre da ciência moderna – costumava o avô dizer.

Sentei-me no grande sofá confortável em frente da lareira e o avô sentou-se à minha frente, na sua poltrona, enquanto a mamã e a avó se atarefavam na cozinha. O avô não sabia, mas a mamã e eu chamávamos-lhe a «poltrona das histórias», porque ele parecia incapaz de se sentar nela sem ir buscar alguma história épica do seu passado. O problema era que o avô era tão bom a misturar factos e ficção que quase ninguém, incluindo ele próprio, sabia bem o que era verdade. Pedir-lhe que voltasse a contar uma história só tornava as coisas piores.

– Avô – pedira-lhe eu uma vez, na esperança de que ele confirmasse uma história que recordava de ter ouvido anos antes –, ajudaste mesmo a construir o *rover* lunar?

Ele adorava responder a uma pergunta com outra.

– Alguma vez te menti? – respondeu, garantindo assim que, se tivesse contado a história «por piada», não ia mentir agora confirmando-a. Era o sistema perfeito. Nem a avó parecia já saber o que era verdade. Quando lhe pedia que me confirmasse uma das histórias do avô, ela dizia simplesmente:

– É possível – não estava a ser dissimulada nem a encobri-lo; na verdade, já não tinha a certeza de nada.

«É possível...» era a melhor – não, a *única* – resposta que podia honestamente dar.

Às vezes, o avô começava a embelezar uma história e, depois de algumas frases, a avó mostrava a sua desaprovação gritando o nome dele:

– Edward!

O avô baixava então a voz e dizia-me para me aproximar da sua poltrona. Este procedimento repetia-se várias vezes ao longo da história, até que, por fim, eu estava sentado aos pés do meu avô, de olhos erguidos para ele, com uma expressão encantada, enquanto ele murmurava mentira atrás de mentira.

– Avô, é mesmo verdade que construíste esta casa sozinho?

– Sim, na verdade, sem martelo e apenas com duas...

– EDWAAAARD! – gritava a avó da cozinha. Nunca percebi como ela o conseguia ouvir de tão longe. A mamã estava sempre a dizer-me que tinha olhos na nuca, portanto, eu simplesmente achava que a avó teria ouvidos noutras divisões.

Agora, enquanto o meu avô se sentava na poltrona à minha frente, naquela tarde chuvosa de Natal, acariciando o queixo, esperei que ele se lançasse em mais uma história. Não me ralava nada que fosse tudo inventado, só não queria pensar mais na camisola, em bicicletas ou no papá.

Infelizmente, ele tinha outra ideia.

– Então, Eddie, estás pronto para tentar vencer-me nas damas chinesas?

Damas chinesas? Que diabo se estava a passar? Calculei que o avô devia ter espremido o último cêntimo às pessoas com quem costumava jogar às cartas ou andava a tentar experimentar o seu sistema num jogo diferente. Corri o risco e tentei aprofundar o assunto.

– Porque é que não quer jogar às cartas?

– Às cartas? – o avô olhou rapidamente para o lado, um sinal seguro de que estava prestes a inventar qualquer coisa. – Não sei onde pus o meu baralho. Além disso, o jogo das damas chinesas é mais divertido. Não é preciso matemática.

Matemática? Aparentemente, o sistema do meu avô era ainda mais complicado do que eu pensara. Mas, nesse dia, a verdade era que não havia jogo nenhum que me parecesse muito divertido.

– Não, obrigado, avô.

– Passa-se alguma coisa, Eddie?

– Não, só que não parece Natal. Talvez seja por causa da chuva.

– Hum... Não parece Natal? Nesse caso, é melhor eu livrar-me daquela árvore – disse ele, com um sorriso muito mais caloroso do que eu merecia.

Estava a pensar em contar-lhe o que acontecera nessa manhã, como recebera uma camisola em vez da bicicleta que merecia. Se alguém compreenderia a minha desilusão, seria o avô. Se isso corresse bem, pensei, talvez pedisse desculpa à mamã pela forma como me comportara. Os noventa minutos de silêncio na viagem de carro tinham feito com que o caminho parecesse tão longo, que a perspectiva de aguentar uma viagem de regresso igualmente silenciosa era quase insuportável.

Estava prestes a contar a história ao avô, quando vi a árvore de Natal deles. Nem parecia meu ainda não ter reparado nela e feito uma investigação minuciosa. Tinha apenas alguns presentes por baixo.

O avô viu-me olhar.

– Já sabes que a avó não os põe ali.

Eu estava perdido nos meus pensamentos e mal ouvi o que o avô dissera. Virei-me para ele.

– O quê?

– A avó. Ela acha que tu e eu abrimos os presentes para espreitar, por isso, já não os põe debaixo da árvore. Esconde-os.

– Porque havia de achar uma coisa dessas? – um leve sorriso apoderou-se involuntariamente do meu rosto. Eu não tinha tanta experiência em mentir como o avô.

– Não faço ideia – a expressão do avô não denunciava nada. – Mas sei uma coisa: se os piratas escondessem os seus tesouros tão bem como a avó esconde os presentes, teriam ido todos à falência. Eu vou receber meias e um cinto novo.

Não sei por que motivo fiquei surpreendido, mas fiquei.

– E eu? O que é que eu vou receber?

– Oh, não sei, Eddie. Sei que há para aí um pijama novo, mas esse nem sequer está embrulhado. Acho que ela vai pô-lo mesmo assim na tua cómoda – o avô olhou para o lado. – Mas, tirando isso, não encontrei nada para ti. Olha, não queres vir ajudar-me a trazer mais um pouco de lenha?

– Está bem – era muito difícil dizer não ao meu avô e impossível fazê-lo duas vezes seguidas.

Caminhámos sobre o que restava de uma neve molhada e escorregadia até uma longa pilha de lenha. Dei por mim a divertir-me tentando esconder completamente as minhas pegadas dentro das do meu avô. Não era difícil, os pés dele pareciam três vezes maiores do que os meus.

– Avô – murmurei –, o que querias dizer quando disseste que não tinhas encontrado presentes para mim?

O avô ignorou a minha pergunta, enquanto colocava uma pilha de troncos nos meus braços, certificando-se de que colocava um a mais do que eu conseguia transportar confortavelmente. Enfiou um tronco debaixo do braço, pôs as mãos nos bolsos do casaco e seguiu-me de regresso a casa.

– Aí estão vocês – disse a avó quando abriu a porta. – Já pensávamos que se tinham perdido.

A avó sabia melhor do que ninguém que o avô *nunca* se perdia. Claro que, normalmente, não estava onde as pessoas pensavam que estaria, mas o avô sabia sempre onde estava e, mais importante, porque lá estava.

O avô piscou-me o olho.

– Como assim, querida? O Eddie e eu fomos só buscar lenha.

– Pensei que talvez tivessem ido à cidade sem nos dizer nada – respondeu ela com um sorriso.

Sempre que eu ia visitá-los, o avô arranjava uma desculpa para me levar à cidade. Ele conseguia transformar a tarefa mais simples numa aventura, ao procurar a área cinzenta entre a letra e o espírito do pedido da avó. Alguns Verões antes, a avó pedira-lhe que fosse à loja de ferragens comprar sacos para o aspirador e eu fui com ele. Em vez de irmos à loja que ficava a dez minutos, o avô conduziu até uma loja que ficava no extremo oposto da cidade. Não demorei muito a perceber porquê: essa loja tinha um balcão de gelados ao fundo.

Voltámos três horas depois. A avó nem precisou de perguntar o que acontecera: os nossos bigodes de gelado denunciaram-nos. Mas, antes que ela pudesse abrir a boca, o avô deu-lhe os sacos do aspirador e um grande abraço. Era muito difícil para qualquer pessoa ficar zangada com ele.

Um sorriso cruzou-me o rosto quando me lembrei dessa viagem.

A mamã estava de pé atrás da avó, com um dos seus aventais de algodão. Viu-me sorrir e sorriu também.

Estupidamente, como só um rapaz de doze anos conseguiria, ergui outro muro e agi como se ainda não estivesse preparado para ceder, desviando o olhar.

Se o avô era o rei das histórias, a mesa de jantar era a sua corte. Era sempre divertido, mas, desde que a avó nos obrigava a esperar até depois de jantar para abrir as prendas, o avô tentava contar histórias mais curtas do que o habitual no dia de Natal. Ele queria atirar-se à árvore tanto quanto eu.

Este ano, o avô parecia estar com uma pressa extraordinária. A mamã e eu sabíamos que ele estava a tramar alguma, mas nenhum de nós conseguiu perceber o que era. Por fim, mais ou menos a meio do jantar, a avó fartou-se da agitação dele. Virou-se para o meu avô e murmurou:

– Amanhã, Edward – o rosto do avô revelou a sua desilusão.

Depois de o café estar servido, passámos todos para a sala. O avô sentou-se na sua cadeira das histórias, a

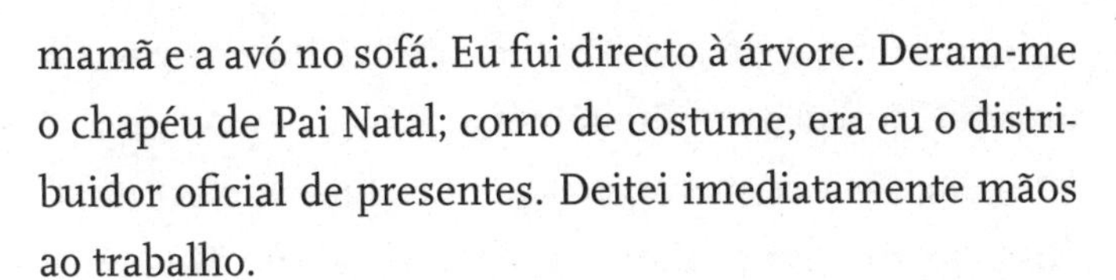

mamã e a avó no sofá. Eu fui directo à árvore. Deram-me o chapéu de Pai Natal; como de costume, era eu o distribuidor oficial de presentes. Deitei imediatamente mãos ao trabalho.

– Aqui tem, avô – disse, entregando-lhe uma prenda estranhamente leve. «Leve como meias», pensei com os meus botões. O avô piscou-me o olho quando eu pus a caixa aos seus pés.

De cada vez que tirava outro embrulho de baixo da árvore, esperava secretamente ver o meu nome na etiqueta – mas isso só aconteceu duas vezes. Até a mamã tinha três presentes.

Lentamente, comecei a desembrulhar o meu presente e reparei que a fita-cola que segurava uma das pontas do papel tinha uma bolha de ar por baixo. O avô. Ergui os olhos para lhe dar a minha versão do olhar «sei o que fizeste», mas ele ignorou-me e continuou concentrado no seu presente.

Tendo em conta o tamanho dos meus dois presentes, eu sabia que nenhum deles era uma bicicleta, mas ainda tinha esperança – tal como antes de abrir o embrulho da camisola nessa manhã. «E se o avô embrulhou uma fotografia da bicicleta?» A imaginação do avô era capaz de tudo, mas tinha de admitir que, nesta altura, já parecia uma possibilidade muito remota.

– Meias! – os meus pensamentos foram interrompidos pelo grito excessivamente entusiástico do avô. Céus, ele era mesmo bom nisto.

Enquanto a maior parte das pessoas na televisão rasga o papel de embrulho, o amachuca numa bola e o atira para o saco do lixo do outro lado da sala, nós tínhamos de abrir sempre os presentes lentamente e com cuidado, para podermos voltar a utilizar o papel no ano seguinte. Acho que a minha mãe e a minha avó estavam secretamente envolvidas numa competição, para ver qual das duas seria a primeira a já não conseguir aproveitar o papel. Este ano, todas as suas prendas estavam embrulhadas em papel que era apenas dois anos mais novo do que eu.

Embora eu sempre tivesse odiado o processo de poupar papel, porque atrasava o processo de abertura de prendas, a verdade é que ajudava a encobrir quaisquer erros que o avô e eu pudéssemos ter cometido durante as nossas «espreitadelas». Se, sem querer, rasgássemos um bocadinho de papel, podíamos sempre pôr as culpas no programa de reciclagem.

Peguei numa das caixas com o meu nome. Nem sequer estava embrulhada. Tirei lentamente a fita, levantei a tampa e afastei o papel de seda. Tinha o coração aos pulos de antecipação. Se havia alguém capaz de embrulhar uma pista para uma caça ao tesouro que terminaria com uma bicicleta, era o meu avô.

As minhas mãos tremiam de excitação. Olhei para o avô e ele tinha no rosto um grande sorriso que parecia de um rapaz da minha idade. Era bom sinal.

Rasguei o último pedaço de papel de seda e, finalmente, revelei a prenda: um pijama feito à mão e um par de chinelos feitos com a mesma lã da minha camisola.

Fantástico. Fora enganado novamente.

Uma vez que não queria uma repetição do incidente da camisola, pus a expressão mais alegre que consegui.

– Obrigado, avó, são muito giros. Combinam na perfeição com a minha camisola – nesta altura, eu estava a ficar muito bom a fingir entusiasmo.

– Devem combinar... a tua mãe e eu dividimos a lã. Conseguimos um bom negócio!

– Um cinto de ferramentas! – ouvi o avô a gritar do outro lado da sala. – Que surpresa. Era mesmo o que eu estava a precisar!

O dia estava a revelar-se um desastre e eu não queria prolongá-lo muito mais. Peguei no meu último presente, sentindo-me um pouco como Charlie Bucket a abrir a única barra de chocolate Wonka que os pais tinham conseguido comprar, com esperança de ver um clarão dourado, mas sabendo que as probabilidades estavam contra mim.

Olhei para a etiqueta e o meu coração afundou-se. Era da minha tia-avó, que não era conhecida por dar prendas excepcionais. Era tão louca como velha e as suas prendas eram quase sempre coisas que ela tirava directamente da sua casa e embrulhava. Um ano, deu-me algo que ninguém conseguiu identificar. O avô jurava que era um cinzeiro que vira na cozinha dela, mas a mamã achava que era uma caneca artesanal. De uma maneira ou de outra, não era nada que eu quisesse. Estava agora em cima da minha cómoda, em casa, com uma moeda de cinco cêntimos, uma pedra pintada e um alfinete-de-ama lá dentro.

Enquanto abria o presente deste ano, rezei para que fosse algo que eu pudesse realmente usar. Não fiquei desiludido, era um rolo de moedas de cêntimo.

«Só podes estar a brincar», pensei. «Bom, pelo menos sei onde os arrumar.»

A chuva caía agora ruidosamente sobre o telhado da casa e eu conseguia ouvir o eco de cada gota, como se estivessem a cair em câmara lenta. Todos os vestígios de neve e de magia natalícia jaziam agora em poças de água castanha e enlameada. Desejei poder recomeçar o dia como uma pessoa completamente diferente.

– Eddie, a avó convidou-nos para passar cá a noite! – disse a minha mãe, interrompendo os meus pensamentos. – Podemos comer um grande pequeno-almoço de manhã e ir para casa à hora de almoço.

Senti o meu coração começar a bater mais depressa. Sempre adorei dormir na quinta. O avô e eu metíamo-nos em todo o tipo de sarilhos depois de a avó e a mamã estarem a dormir. Uma vez, ele e eu passámos duas horas a trocar todas as especiarias da cozinha da avó, despejando cada uma num frasco diferente. A canela passou a ser paprica. A salsa passou a ser funcho. O funcho passou a ser noz-moscada. A noz-moscada passou a ser alecrim. No dia seguinte, as rabanadas estavam um nojo, mas o avô e eu rimos o tempo todo, enquanto en-

golíamos cada dentada das rabanadas com funcho que a avó insistiu para comermos.

A verdade era que eu queria mesmo ficar lá nessa noite. Pensava que o avô seria a única pessoa em todo o mundo capaz de me fazer esquecer o dia que tivera. Mas o miúdo de doze anos em mim também não queria facilitar demasiado a vida à mamã depois do que *ela* me tinha feito passar. Uma camisola? Um pijama? Um rolo de cêntimos? Era o pior Natal de sempre. Virei-me, olhei para a mamã com a expressão mais carrancuda que consegui e disse:

– Não me sinto muito bem. Só quero ir para casa.

O avô lançou-me um olhar curioso.

A minha mãe esfregou a testa.

– Eddie, não dormi muito bem esta noite e sabes que tenho andado a fazer turnos mais longos na loja. Estou exausta e não me apetece conduzir – inclinou ligeiramente a cabeça e lançou-me uma piscadela de olho que dizia muito. – Por favor, por mim?

Resolvi bater o pé.

– Quero ir para casa. Tenho a certeza de que alguns dos meus amigos receberam presentes com os quais eu gostava de brincar – a expressão no rosto da mamã disse-

-me que acertara na ferida. O avô semicerrou os olhos e senti o olhar que me lançou a queimar-me a cara.

– Lamento, Eddie – respondeu a minha mãe em tom firme. – Vamos ficar. Estou demasiado cansada para conduzir.

– Ficaríamos muito felizes por ter as nossas duas pessoas preferidas aqui amanhã ao pequeno-almoço – interveio a avó, tentando restaurar a paz.

Depois, o avô falou, num tom muito mais sério do que eu estava habituado.

– Acho que o Eddie tem razão. Talvez seja melhor irem para casa. Afinal de contas, o Eddie não se sente bem.

Eu devia saber que o avô perceberia a minha jogada. Ele pensava mais como um miúdo de doze anos do que eu.

Tentei escapar à confusão que criara pensando um passo à frente dele.

– Na verdade, avô, talvez a mamã tenha razão. Se calhar devíamos ficar. Não tem nada para fazer na cidade de manhã? Eu podia ajudá-lo – olhei para o avô com um sorriso forçado, à espera de que ele retribuísse. Mas não o fez.

– Não, nada que não possa ficar para a semana. Acho mesmo que devem ir andando. Tenho a certeza de que mal podes esperar para brincar com os presentes fantásticos dos teus amigos.

Xeque-mate. Baixei os olhos, embaraçado e furioso.

A minha mãe suspirou.

– Bom, sendo assim está decidido – os seus olhos mostravam exaustão e resignação. – Sobe e vai arrumar as tuas coisas, Eddie. Tenho de falar com a avó e com o avô. Eu chamo-te quando estiver despachada.

– Está bem – respondi, fingindo que nada disto me importava.

– E calça os teus sacos do pão.

Corri pelas escadas acima. A minha intenção de castigar a minha mãe tinha ido mais longe do que eu planeara e a expressão dos olhos dela feriu-me o coração. Sufoquei o meu sentimento de culpa com raiva. Raiva contra Deus, a vida e, por associação, a minha mãe. «A culpa não é minha», disse a mim próprio.

Quando cheguei ao quarto, peguei nos sacos do pão mas não os calcei. «Botas estúpidas.» Atirei-os para o chão. Que dia horrível, detestável, odioso. Odiava o Natal. Quem me dera que já tivesse acabado. Mas ainda nem sequer estava perto do fim – ainda tinha pela frente aquilo que seria certamente uma longa viagem, penosa e silenciosa.

Despi a minha camisola de Natal e apertei-a com força nos braços enquanto me deitava na cama. «Que belo presente», pensei sarcasticamente. «Que prenda perfeita.» Os meus olhos começaram a arder sob o peso da raiva. Enterrei o rosto na almofada, esperando que a mamã não me chamasse antes de as minhas lágrimas secarem.

– Eddie – chamou a minha mãe ao fundo das escadas –, está na hora de irmos.

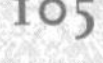

Gemi de exaustão. Com alguma relutância, enfiei a camisola, peguei no saco e desci. A avó tinha o braço à volta da cintura da minha mãe e estava a apertá-la de forma reconfortante.

– Não te esqueças de me ligar quando chegares a casa, Mary. Não quero ficar a noite toda a pé, preocupada.

Desde que eu me lembrava, a minha mãe telefonava aos meus avós assim que chegávamos a casa depois de lá termos estado. Uma vez que os telefonemas de longa distância eram um luxo para nós, elas tinham, com a

ajuda do avô, desenvolvido um sistema. A mamã usava a operadora para fazer um telefonema pessoal e pedia para falar com ela própria. A avó atendia, dizia que a filha acabara de sair e desligava, ficando a saber que a filha chegara a casa em segurança. Era um sistema fantástico... e como o avô dizia sempre: «É completamente grátis e *quase* honesto.»

Os meus avós foram para a cozinha arrumar em caixas a comida que teríamos comido se ficássemos para o pequeno-almoço. Eu conseguia ouvir as suas vozes deliberadamente abafadas.

A parada acabara de subir e eu ia ganhar este jogo mental. Custasse o que custasse.

Sete

Já estávamos na estrada há vinte minutos quando um de nós falou.

– Desta vez foste mesmo longe demais, Eddie.

Vi um número aparentemente interminável de quintas a desaparecer no espelho retrovisor. As nuvens que assinalavam a orla de uma tempestade de Inverno tinham transformado o sol num círculo pálido e triste com um halo cinzento.

– O que queres que eu faça? – perguntou a mamã, tentando esconder as lágrimas.

– Quero ter uma vida a sério – as palavras explodiram da minha boca. – Como os meus amigos – não

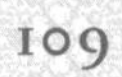

consegui evitar. Um dia inteiro de frustração e raiva acumuladas brotou incontrolável.

– Uma vida a sério? Eddie, esta é a realidade da minha vida. Tenho quatro empregos diferentes. Sinto-me como se não dormisse há dois anos. Troco de horários com os meus colegas para poder estar em casa contigo o máximo de tempo possível. Não posso fazer muito mais, Eddie. Estou cansada. Muito cansada. Sabes que mais? Talvez seja altura de começares a ser o homem que terás de ser no futuro, em vez de continuares a agir como o miúdo de oito anos que foste no passado.

Eu nunca tinha ouvido a minha mãe falar assim comigo. Ergui os olhos a tempo de a ver limpar discretamente uma lágrima. Quando falou de novo, o seu tom era muito mais suave.

– Eu sei que as coisas têm sido complicadas desde que o papá morreu. Mas têm sido complicadas para ambos. A dada altura, tens de compreender que tudo acontece por uma razão. Cabe-te a ti encontrar essa razão, aprender com ela e deixar que te leve ao sítio onde é suposto estares... não apenas ao sítio onde foste parar por acaso – a minha mãe falou lentamente. – Podes queixar-te de como a tua vida é difícil ou podes perceber

que só tu és responsável por ela. Podes escolher: vou ser feliz ou infeliz? E *nada*... nem uma camisola e, com certeza, nem uma bicicleta... poderão alguma vez mudar isso.

Algo dentro de mim queria pedir desculpa e implorar o perdão da minha mãe. Em vez disso, fiquei calado.

A chuva que caíra o dia todo abrandara para um chuvisco, mas os salpicos finos que saltavam de baixo dos pneus não deixavam ver grande coisa pela janela lateral. Olhar para a frente estava fora de questão – os olhos da mamã podiam estar à espera no retrovisor para mais um sermão –, por isso, baixei metade do vidro da minha janela e rezei para chegarmos depressa a casa.

Alguns minutos depois, vi a igreja da avó entre a neblina. Digo «igreja da avó» porque ela era, de longe, a pessoa mais religiosa da família. A minha mãe vinha em segundo lugar mas, depois dela, a competição deixava de existir; o avô e eu estávamos empatados em último lugar.

Quando eu era pequeno, costumava arranjar-me e ir à igreja com a mamã todos os domingos. Detestava. Ela obrigava-me a sentar muito direito e a «ouvir» durante uma hora inteira. O papá nunca vinha connosco; geralmente ficava em casa, ou então ia jogar golfe. Ele costumava dizer que acreditava firmemente em *todos* os Dez Mandamentos, especialmente aquele que mandava «santificar o dia de Domingo». A mamã recordava-lhe muitas vezes que não era provavelmente em golfe que o Senhor estava a pensar quando os proclamara, mas o papá ria-se e respondia:

– Deus não está a contar presenças ao domingo.

Parte de mim achava que ele estava a dizer aquilo apenas para se sentir melhor por não vir connosco, mas quando via como o meu pai tratava as outras pessoas e ajudava os necessitados, compreendia o que ele queria realmente dizer: Deus conta presenças *todos* os dias.

No Verão, quando eu passava muito tempo em casa dos meus avós, íamos à igreja da avó todos os domingos. Era a única altura em que eu gostava realmente de ir à igreja, porque o avô e eu inventávamos jogos para passar o tempo. Arranjámos uma série deles ao longo dos anos, mas o meu preferido era um jogo a que chamávamos «De Pé por Deus». (Originalmente, o avô tentou chamar-lhe «Saltar por Jesus», mas até ele sabia que isso era ir longe demais, portanto, decidimo-nos pelo nome mais respeitador.)

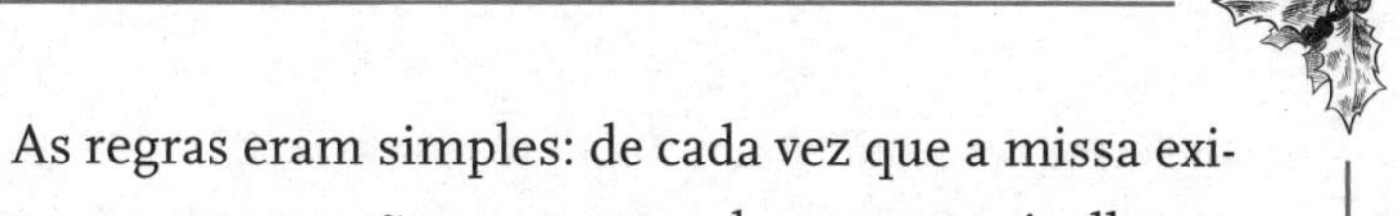

As regras eram simples: de cada vez que a missa exigia que a congregação se sentasse, levantasse, ajoelhasse ou cantasse, tínhamos de ser os primeiros a fazê-lo. Provavelmente, parece fácil, mas para ganharmos era preciso adivinhar com bastante antecedência. E, se nos enganássemos, não só perdíamos, como fazíamos figura de idiotas – e levávamos com uma dose reforçada do olhar furioso da avó. Agora, em retrospectiva, é bastante óbvio onde é que a mamã foi buscar a sua capacidade invulgar de ralhar com os olhos.

Quanto mais o avô e eu jogávamos a «De Pé por Deus», melhores nos tornávamos, e mais cedo tínhamos de adivinhar se queríamos ganhar. Uma vez, o avô começou a cantar um hino tão cedo que o padre Sullivan parou de ler as Escrituras e lançou-lhe um olhar furioso do púlpito. Não é coincidência que essa tenha também sido a última vez em que o avô e eu pudemos sentar-nos ao lado um do outro.

Depois de a avó começar a sentar-se entre nós, as missas pareciam demorar uma eternidade, mas, com o tempo, aconteceu uma coisa estranha: comecei realmente a gostar delas. Suponho que, em parte, era por me sentir mais perto do papá quando lá estava. É difícil

descrever, mas havia alturas em que o sentia ali sentado ao meu lado. Às vezes, até ouvia a sua voz desafinada a cantar em coro com a minha.

Agora, ao olhar pelo vidro de trás, a igreja da avó, o sítio onde eu me sentia mais perto do meu pai, era apenas um pontinho no meio do nevoeiro. Pensei como era estranho que uma pessoa sentada a meio metro de mim me parecesse mais distante do que alguém que já nem sequer estava vivo.

Com a igreja para lá do horizonte, virei-me de novo e arrisquei olhar rapidamente para a frente. Os olhos da minha mãe estavam à espera dos meus no retrovisor – mas já não estavam magoados nem zangados, apenas cansados. Eu sabia que ela estava a dar-me uma abertura para pedir desculpa e tudo seria esquecido. Mas eu ainda não estava pronto. Também estava cansado.

Cerca de dez minutos depois, adormeci.

E a mamã também.

Acordei com o tiquetaque do motor do Ford a arrefecer. Ergui os olhos e vi o banco onde eu tinha estado sentado.

Uma confusão de ferros torcidos e fios cercava-me por todos os lados, como dedos ossudos e furiosos. O tecido do apoio para a cabeça do banco da minha mãe estava rasgado e caído. Havia qualquer coisa no *tablier* a piscar, iluminando uma área minúscula do chão de poucos em poucos segundos.

Um par de mãos fortes e curtidas apareceram e puxaram-me pela porta de trás, virada de pernas para o ar e parcialmente aberta. Não vi a cara do homem mas, quando ele me segurou firmemente, reparei que tinha as mãos imundas.

Tentei gritar pela minha mãe, mas não me saiu nada da boca. Estava a tremer dentro da minha camisola.

Devo ter perdido novamente os sentidos porque, quando acordei, estava deitado no asfalto, a cerca de vinte metros do carro, que agora estava em chamas. Dedos brilhantes, vermelhos e laranja erguiam-se para o céu eterno da noite. O calor era avassalador. Ouvi o eco sinistro de sirenes e vi luzes a piscar reflectidas nas nuvens distantes.

Adormeci outra vez.

Quando abri os olhos, vi luzes terrivelmente brilhantes. Médicos e enfermeiras andavam de um lado para o outro, mas ninguém parecia estar a prestar-me muita atenção.

– Onde está a minha mãe? – gritei. – Como está a minha mãe? Quero ver a minha mãe!

Os médicos responderam às minhas perguntas com outra pergunta, como o avô fazia quando estava a tentar evitar a verdade:

– Como podemos contactar o teu pai?

– O meu pai... já morreu – lembro-me de murmurar. Depois adormeci de novo.

Oito

Quando eu tinha dez anos, os meus avós levaram-me à Feira Anual de Puyallup. Não era a Disneylândia, mas, depois de tanto tempo a patinar num caminho a direito, a mudança foi bem-vinda. A avó recusava-se a andar em qualquer diversão – só gostava dos espectáculos e das exposições da Associação de Agricultores – e o avô não andava em nada que girasse porque ficava enjoado. Isso não me deixava muitas opções; depois dos animais da quintinha pedagógica, de caçar maçãs com a boca num alguidar de água e de uma viagem panorâmica de comboio (que, mesmo assim, foi rápida demais para a avó), eu estava pronto

para qualquer coisa maior. Estava pronto para a montanha-russa.

«A Montanha das Emoções Fortes», como era oficialmente conhecida, devia ter sido baptizada pelo engenheiro que a construíra. Afinal de contas, que outra explicação podia haver para que a melhor diversão do parque tivesse um nome tão enfadonho e genérico?

Originalmente construída em 1935 com madeira de abeto, a Montanha das Emoções Fortes não era a maior nem a mais rápida do país mas, apesar disso, parecia-me bastante assustadora. Fora destruída pelo fogo nos anos 50 e reconstruída, mais uma vez, com madeira. Agora, erguia-se sobre a feira como um farol para aventureiros de todo o lado.

Enquanto o avô e eu esperávamos na fila, discutíamos sobre qual o carrinho que nos calharia: Laranja Fogoso, Azul Ardente ou Amarelo Explosivo. O avô armava-se em forte enquanto esperávamos.

– Tens a certeza de que queres ir, Eddie? – perguntou-me. – Tem uma descida de quinze metros e atinge os oitenta quilómetros por hora. Eu aguento. E tu?

– Claro – respondi, embora, para dizer a verdade, não tivesse assim tanta certeza.

Quando finalmente chegou a nossa vez, entrámos no carro e baixámos a barra de segurança. Olhei para o avô uma última vez e juro que vi um brilhozinho assustado nos seus olhos.

O estalido inconfundível da corrente da velha montanha-russa começou a ouvir-se e, pouco depois, estávamos a subir a primeira grande colina. Nem o avô nem eu dissemos uma palavra.

A vista lá de cima era espantosa. O carrinho fez uma breve pausa, como que preso na teia da gravidade, e juro que vi a igreja da avó à distância, o sol reflectido no relógio do campanário. Não tive tempo de olhar melhor. Atingimos o cimo da colina, começámos a ganhar velocidade e precipitámo-nos em direcção ao solo, com os trilhos de madeira a tremerem debaixo de nós. O avô apertou-me a mão e disse-me para não ter medo.

Só anos mais tarde me apercebi de que ele estava a apertar a minha mão com mais força do que eu apertava a dele.

Agora, eu e o avô estávamos de pé, lado a lado, no velório da minha mãe, e ele apertou-me novamente a mão com força. Não sabia quem estava a consolar quem, mas foi a única coisa que me impediu de sair a correr pela porta fora.

Vim a saber mais tarde que a mamã adormecera ao volante. Tínhamos saído da estrada e o carro capotara numa vala. Eu não sofrera um arranhão, mas a mamã partira o pescoço. Médicos e amigos diziam-me que ela morrera instantaneamente, que não sentira qualquer dor – como se isso, de alguma forma, pudesse melhorar as coisas, mas não melhorava. Eu queria a minha mãe de volta. Ela não devia ter morrido. Nem então, nem agora, nem «instantaneamente». Eu não me tinha despedido dela e, mais importante ainda, não chegara a pedir-lhe desculpa. Agora ela nunca saberia.

– Oh, Eddie – a tia Cathryn abraçou-me com força, com os olhos vermelhos e inchados e a voz invulgarmente suave. – Lamento muito – tentou continuar a falar, mas as suas palavras não faziam sentido.

A senhora Benson e os outros do lar de terceira idade também estavam lá. Mas desta vez não houve beliscadelas nas bochechas nem cânticos de Natal, apenas lágrimas e abraços ternos. Perguntei a mim próprio se voltaria a ver algum deles.

A avó disse-me que eu ficaria perturbado se tocasse na mão da mamã, mas não me importei. Era impossível ficar mais perturbado do que já estava. Aproximei-me do caixão. Ela não parecia real. Não parecia nada a minha mãe – parecia mais um dos manequins que ela costumava vestir na Sears. Tão imóvel. Tão tranquila. A sua mão macia, que usava para me afastar o cabelo dos olhos, jazia agora, inerte, sobre o peito, segurando um rosário. Tinha um vestido que eu nunca vira antes e maquilhagem que tinha a certeza de que ela nunca comprara.

Estendi a mão para lhe tocar e reparei que tinha a minha camisola de Natal vestida. Nem sequer me lembrava de a ter vestido.

Queria chorar. Na verdade, sentia que *devia* ter chorado, mas, enquanto ali estive a segurar a mão da minha mãe, fiquei surpreendido ao perceber que sentia apenas raiva. Estava zangado com muitas pessoas, mas principalmente com Deus. Ele levara-me o pai e agora a mãe. Porquê? O que é que eles tinham feito para merecer isto? Deus podia tê-los poupado à doença e aos acidentes de automóvel, mas decidira não o fazer. Deus podia ter respondido às minhas orações mas, em vez disso, ignorara-as. Deus não estivera lá quando o meu pai lhe pedira

uma segunda oportunidade. Não estivera lá quando a minha mãe rezara por um Natal abençoado. E, obviamente, não estava aqui agora.

O avô deve ter sentido a transformação nas minhas emoções. Precisamente quando eu estava prestes a desfalecer sob o peso de tudo aquilo por que passara e que ainda tinha de passar, pôs os braços fortes à minha volta, puxou-me para si e murmurou três palavras que eu não compreendi na altura, mas que ficaram comigo desde então:

– *Está tudo bem.*

Mas, com a pessoa que eu mais amava, mais uma vez, estendida num caixão, ele não podia estar mais enganado. Nada estava bem. Nada voltaria alguma vez a estar bem.

Os meses depois da morte e do funeral da minha mãe comprimiram-se num único ponto. Eu sabia que estava lá, mas as minhas memórias eram como histórias contadas por outra pessoa. A neblina durou muito tempo. Não se pode dizer que vivi o tempo depois do acidente; foi mais como se apenas o visse desenrolar-se.

Mudei-me para a quinta dos meus avós. O meu quarto em casa deles era muito parecido com o antigo, mas não tinha a mancha de humidade no tecto e eu ouvia as galinhas de manhã e as vacas à tarde pela janela. A casa cheirava a *bacon* e a pão quente vinte e quatro horas por dia, cheiros que me recordavam sempre onde estava e porque estava lá.

Rapidamente me tornei consumido comigo próprio e com o que me acontecera. Era bastante fácil. Obviamente que Deus tinha alguma coisa contra mim e agora eu tinha todo o tempo do mundo para tentar perceber o que era.

Ao princípio, os meus amigos telefonavam para saber como eu estava, mas estar fora do alcance das suas bicicletas tornava difícil que nos encontrássemos. Claro, eu não tinha bicicleta, portanto, não importava, de qualquer maneira.

A tia Cathryn também tentou ligar algumas vezes, mas era embaraçoso, porque nenhum de nós sabia realmente como falar um com o outro sem a mamã. Uma vez que as chamadas de longa distância eram um luxo, não demorou muito tempo para perdermos o contacto.

O avô e eu ainda fazíamos viagens à cidade para comprar ração, ou arame, ou o que quer que estivesse escrito no pedaço de papel que ele punha no bolso da camisa. Ele não mudara, mas eu sim. O meu estado de espírito era sombrio. Estava zangado. Depois de algumas viagens, deixei de ir voluntariamente e o avô deixou de tentar que o passeio fosse divertido. As viagens tornaram-se rápidas, silenciosas, apenas para comprar o que íamos comprar e voltar rapidamente para casa. Depois de mais algumas, o avô deixou de me arrastar com ele.

Uma coisa que não parou foi a nossa ida semanal à igreja da avó. Nunca perdíamos uma missa. Mas já não havia jogos para passar o tempo; o avô não queria distrair-se.

– Mostra respeito – murmurava baixinho durante o sermão. – Estou a tentar ouvir e tu devias fazer o mesmo.

Depois de a missa acabar, o avô e a avó sentavam-se no banco da frente, sozinhos, baixavam a cabeça e rezavam. Eu ficava de pé ao fundo da igreja à espera deles. Às vezes, tentava arrumar as velas votivas para formar um padrão; outras vezes, brincava com a água benta – mas,

essencialmente, aborrecia-me. Já nem sequer me sentia perto do papá na igreja – era como se ele e Deus tivessem decidido abandonar-me ao mesmo tempo.

Depois de alguns fins-de-semana a ver os meus avós enganarem-se a si próprios, julgando que Deus ia ajudar, tomei uma decisão: podiam obrigar-me a ir à igreja, mas não podiam obrigar-me a ouvir. O avô podia achar que encontraria respostas na igreja, mas eu já tinha a minha: *Deus estava morto*. Não era que ele não existisse, simplesmente não existia para *mim*. Ouvira as minhas orações e decidira ignorá-las, portanto, agora eu ia ignorá-lo também.

Fá-lo-ia sofrer tanto quanto ele me estava a fazer sofrer a mim.

Sem as visitas à cidade, o avô rapidamente inventou outras oportunidades para guiar o seu neto tresmalhado. O tempo bom trouxe uma mudança nas tarefas e ele decidiu que valia a pena obrigar-me a ajudá-lo.

O meu avô acreditava que lojas de ferragens e depósitos de madeira só serviam para ir comprar pregos. Afinal de contas, porquê pagar pela madeira e pelas janelas quando podíamos tirá-las de graça de celeiros ou barracões velhos? O avô transformara a obtenção de material

gratuito num desporto. Assim que identificava um alvo, parava e pedia ao proprietário se podia livrá-lo daquele mamarracho arruinado. Geralmente, o dono ficava tão contente por ver alguém levar a estrutura delapidada que aceitava a oferta do avô sem pensar duas vezes.

De longe a longe, alguém se oferecia para lhe vender a madeira, mas o avô recusava educadamente. Nunca, mas nunca, pagava por algo que podia obter de graça. Em alguns casos, se as pessoas que tentavam convencê-lo a pagar tinham acabado de se mudar, vindas de Seattle ou, pior ainda, de alguma cidade grande na Califórnia, o avô ainda conseguia persuadi-las a pagarem-lhe para remover o material. Costumava dizer que lhes fazia bem aprender como as coisas funcionavam «aqui na província, connosco, os campónios».

O avô guardava toda a madeira e janelas que arranjava atrás do celeiro. Ao longo dos anos, fora tudo empilhado apressadamente e formava um monte desordenado. Um dia, ele levou-me lá atrás, mostrou-me a pilha e disse-me que ele e eu íamos construir uma capoeira nova. Não fiquei propriamente entusiasmado, mas quando ele me disse que primeiro tínhamos de retirar, arrumar e organizar todo o material, fiquei positiva-

mente zangado. Nem queria acreditar. Ia levar uma eternidade.

O avô afastou-se por alguns minutos e voltou pouco depois com dois copos de limonada. Viu que eu estava a debater-me com uma grande travessa de carris e pousou rapidamente os copos para me ajudar.

– Deixe estar – disse-lhe. – Eu consigo – estava tão zangado por ele estar a atirar o trabalho todo para cima dos meus ombros que nem sequer o queria ao pé de mim. O avô nunca me tinha visto assim. Francamente, eu também não.

O avô afastou-se de imediato, pegou no copo dele, bebeu um gole e ficou ali a observar-me durante alguns minutos. Eu não abri a boca. Nem sequer olhei para ele. Queria que percebesse que, embora eu fosse terminar a estúpida tarefa, não o ia fazer sentir-se bem em relação a isso. Por fim, quando se virou para ir embora, ele disse apenas:

– Avisa-me quando acabares, Eddie.

De duas em duas horas, mais ou menos, o avô espreitava à esquina do celeiro para ver como estava a correr ou para trazer outra limonada. De todas as vezes, fazia a mesma pergunta:

– Eddie, já acabaste?

À medida que os dias passavam, as visitas do avô não se tornaram menos frequentes. Ele ficava a ver-me lutar para levantar e arrastar traves pesadas de uma parte da quinta para a outra. Nunca me deu o conselho óbvio de que seria sensato remover primeiro os pregos velhos antes de deslocar a madeira.

Algumas vezes, vi-o sentado no alpendre das traseiras a rir, enquanto contava histórias ao nosso vizinho David. De outra vez, contornei uma esquina para ir beber água à mangueira e vi-o a dormir na rede. O som da torneira acordou-o e os nossos olhos cruzaram-se.

– Já acabaste, Eddie? – perguntou ele. Eu estava a ferver.

«Que piada», pensei com os meus botões. «Agora sei por que motivo o avô está a lidar tão bem com a morte da mamã. Está contente por me ter na quinta, porque assim tem alguém para fazer o trabalho duro, todo o seu trabalho, de graça.»

Com o corpo cada vez mais dorido e as mãos cobertas de cortes e farpas, a minha raiva crescia de cada vez que o avô me perguntava se já tinha acabado. Como podia alguém ser tão insensível, ao ponto de ver o seu

próprio neto a debater-se e nunca, nem por uma vez, se oferecer para ajudar?

Ao fim de quatro dias de trabalho, o avô apareceu com mais limonada, fitou-me nos olhos e fez a mesma pergunta de sempre:

– Já acabaste?

Perdi a cabeça.

– Está a brincar? – gritei, em resposta. – Olhe para esta pilha. Vou demorar dias a arrumar isto tudo. Se tem assim tanta pressa, talvez possa parar de receber convidados, fazer sestas ou tentar aliviar a consciência com a estúpida da limonada e, em vez disso, oferecer-se para me ajudar.

O avô fitou-me tristemente.

– Eddie, eu ofereci-me para te ajudar. Ofereci-me no primeiro dia e de duas em duas horas desde então.

– Quando? – gritei, inclinando-me para continuar o meu trabalho. – A única coisa que me perguntou foi se o trabalho já estava acabado.

– Não, Eddie, isso pode ter sido o que tu ouviste, mas não foi o que eu perguntei – a sua voz era calma e firme. – Perguntei-te se *tu* já tinhas acabado.

– Oh, peço desculpa, senhor professor – eu nunca tinha falado com o meu avô com tamanha falta de res-

peito. Sentia que estava a mudar e, embora isso me assustasse, não sabia bem como parar... e uma parte cada vez maior de mim não queria parar.

O avô agarrou-me e, pela primeira vez na minha vida, deu-me uma bofetada. Tinha os olhos cheios de lágrimas.

Ficou calado alguns instantes, enquanto se recompunha. Quando falou de novo, a sua voz era suave.

– No outro dia, quando te mostrei este trabalho todo, disse que «nós» íamos construir uma capoeira nova. Não disse «eu» e de certeza que não disse «tu». Nunca tive intenção de que fizesses este trabalho todo sozinho. Tu é que partiste desse princípio. Quando me ofereci para ajudar, disseste-me «Deixe estar.» Se bem me lembro, foi a primeira vez em que te disse para me avisares quando acabasses. Não me referia a acabar a tarefa, o que queria dizer era para me avisares quando acabasses de amuar. Quando é que vais parar de sentir pena de ti próprio? Quando é que vais deixar de pensar que o mundo está contra ti?

«O mundo *não* está contra ti, Eddie – continuou ele. – *Tu* é que estás contra ti. Tens de perceber que ninguém tem de carregar o seu fardo sozinho. Estamos nisto todos

juntos. Assim que perceberes que podes pedir ajuda, todo o teu mundo mudará.

A dor na minha cara fazia com que fosse difícil concentrar-me no que ele estava a dizer.

– Acho que o meu mundo já mudou o suficiente – respondi.

– Ouve, Eddie, sei que a vida dói terrivelmente neste momento. A tua avó e eu rezamos todas as noites para que Deus alivie a tua dor e a nossa. Mas não és o primeiro jovem a perder a mãe e eu não sou o primeiro homem a perder uma filha. Podemos aprender juntos a ter saudades dela. Não tens de o fazer sozinho – reparei nos olhos dele pela primeira vez em muito tempo. O azul penetrante que trespassava uma pessoa tornara-se cansado e cinzento.

– Perdoa-me pela bofetada, Eddie, mas já não sei quem tu és. Não és o jovem que estavas destinado a ser e não reconheço a pessoa em que te estás a transformar. Sei que é duro, mas tens de encontrar o teu caminho para ultrapassar isto. A dor passará e, com o tempo, tu e eu podemos aprender outra vez a rir juntos – fez uma pausa e desviou o olhar. – Quero a minha filha de volta. E, Eddie, quero o meu melhor amigo de volta. Quero-te

a *ti* de volta. Às vezes, penso que vos perdi a ambos na merda daquele carro.

Merda era uma grande asneira para o meu avô. Já vira palavras piores aparecerem no rosto dele, mas a avó não tolerava asneiras. Procurei raiva, mas a expressão dele mostrava agora apenas tristeza e cansaço. Parecia *velho*.

Ocorreu-me, pela primeira vez, penso eu, que o avô perdera uma filha. Precisava tanto de mim como eu precisava dele. Como daquela vez na montanha-russa, tínhamos de apertar a mão um do outro. Não importava quem estava a confortar quem.

De súbito, senti-me também cansado. Mais do que apenas fisicamente. Estava cansado de estar sozinho, cansado de estar sempre zangado, cansado de manter o meu sentimento de culpa enjaulado nas profundezas do meu estômago. Queria cair nos braços compridos do meu avô e deixá-lo abraçar-me e dizer-me que ia correr tudo bem. Mas ainda tinha apenas doze anos. Não sabia como voltar atrás. Não sabia como corrigir todos os erros que cometera. Encontrei forças na raiva. Odiava as palavras que me saíram a seguir, mas não consegui contê--las.

– Não preciso da sua ajuda e de certeza que não preciso da ajuda de Deus – a minha voz era calma e senti os lábios curvarem-se num esgar escarninho.

– Sei que queres estar zangado com alguém – respondeu o meu avô calmamente. – Se é disso que precisas para aguentar cada dia, então zanga-te comigo. Mas não estejas zangado com Deus. Não foi Ele que te fez isto. As coisas acontecem. Às vezes, são uma consequência das nossas próprias acções, outras vezes não. De vez em quando, pura e simplesmente, acontecem coisas más a pessoas boas. Mas o único plano de Deus é que sejas feliz.

Olhei para o chão, na esperança de que ele se calasse. Mas não o fez.

– Todos enfrentamos desafios e testes, alguns maiores do que outros. Servem para nos fortalecer e para nos preparar para o caminho à nossa frente. Não só por nós, mas por todos os que encontramos pelo caminho. Não sei o que Ele tem planeado para nós, mas sei que é suposto que o conquistemos, Eddie. Ele nunca nos deixaria num sítio sem a força e o conhecimento de que precisamos – perguntei-me se o avô teria aprendido tudo aquilo durante uma das suas sessões maratona na igreja.

– A ajuda Dele? – ergui o rosto e encontrei o olhar firme do avô. Senti o corpo inteiro ficar mais quente. – Acho que Ele já nos ajudou o suficiente, não acha? Se matar pessoas inocentes é alguma espécie de desafio ou teste, então Deus está doente e as Suas lições são tão úteis como esta capoeira estúpida. Que, a propósito, ainda não acabei – inclinei-me e peguei em mais uma velha tábua de celeiro. Enquanto me afastava, murmurei entre dentes, suficientemente alto apenas para o avô ouvir: – Eu aviso quando acabar.

No último dia de aulas, uma das minhas professoras deteve-me no corredor e pousou-me a mão no ombro.

– Eddie, conheces o Taylor?

– Acho que não – respondi, perguntando a mim próprio porque é que ela se importaria. De trás dela, apareceu um rapaz da minha idade.

– Taylor, este é o Eddie. Eddie, Taylor – pôs-se entre nós, com uma mão no ombro de cada um. – Vocês são vizinhos, sabiam?

– Nunca te vi antes – disse eu ao rapaz escanzelado. Tinha cabelo cor de chocolate encaracolado e espetado

em todas as direcções. Era óbvio que não havia cuspo suficiente que pudesse domar aquela juba.

– Não venho de autocarro – respondeu ele.

Ficámos ali, a olhar embaraçados um para o outro. A professora – agora que fizera a sua boa acção – sorriu e afastou-se.

– Onde é que vives? – perguntei.

– Na Estrada 161.

– Eu também.

– Queres boleia para casa? O autocarro cheira mal.

Não percebi se ele estava a falar literal ou figurativamente. De uma maneira ou de outra, tinha razão.

Saímos por uma entrada lateral e ele dirigiu-se a um comprido carro castanho.

– Uau! – exclamei. – É teu?

Taylor pareceu ficar contente com o facto de eu achar o carro fixe.

– Não, é roubado – respondeu. Foi a minha primeira amostra do sarcasmo inesgotável de Taylor.

O carro era um Lincoln Continental Mark V gigantesco novinho em folha e, embora fosse diferente de tudo o que eu já vira, era mais impressionante do que «fixe», para um miúdo habituado a botas de sacos do pão.

– O teu pai é médico, ou coisa parecida? – perguntei.

– Na verdade, é – respondeu. – É neurocirurgião.

– A sério? – para quem vinha de uma família de padeiros, isso era ainda mais impressionante do que o carro.

– Não, apanhei-te outra vez. Bolas, Eddie, és mesmo fácil de enganar. Na verdade, o meu pai é vendedor – Taylor sorriu e abriu a porta. Os pais estavam no banco da frente.

– Quem é o teu amigo? – perguntou a mãe de Taylor.

– Este é o Eddie.

– Olá, Eddie. Sou a Janice, a mãe do Taylor, e este é o Stan, o pai dele.

– Olá, Eddie – disse Stan.

– Muito prazer, senhor e senhora...

– Ashton – disseram eles em uníssono –, mas trata-nos por Stan e Janice.

– Senhor e senhora Ashton, muito prazer.

– Igualmente, Eddie – disse o senhor Ashton. – Quais são os nossos planos, Taylor?

– O Eddie vive ao pé de nós. Disse-lhe que lhe dávamos boleia para casa.

– Claro, com todo o gosto – disse o senhor Ashton, enquanto metia a mudança no Continental com algum esforço. – Entra.

– Podemos convencer-te a jantar connosco, Eddie? – perguntou a senhora Ashton enquanto virávamos para a estrada que levava à quinta dos meus avós. – Vamos ao restaurante preferido do Taylor.

«Uau», pensei. Jantar fora? Numa terça-feira? Deviam ser podres de ricos.

– Adorava... Stan, mas os meus avós devem estar a contar comigo – era esquisito tratar um adulto pelo nome próprio.

– Bom, podes telefonar-lhes a pedir autorização.

Chegámos a casa de Taylor minutos depois e eu telefonei imediatamente à minha avó. Aparentemente, a alegria dela por eu ter feito um amigo novo era superior a qualquer desilusão que pudesse sentir por eu não jantar em casa. Depois de lhe explicar quem eram os Ashton e onde viviam, concordou em deixar-me ir jantar com eles, embora com alguma relutância.

O jantar foi como uma aventura para mim. Era raro ir comer fora e *nunca* numa terça-feira normal. Em ocasiões especiais, os meus pais levavam-me a comer uma

Banana *Split* Americana na geladaria Farrell's, mas tinha de ser um aniversário ou coisa do género para isso acontecer. Mesmo assim, a mamã avisava-me sempre para não pedir leite – era óbvio que não fazia diferença para ela que o leite viesse do mesmo sítio que o gelado.

Eu não sabia o que o senhor Ashton fazia, mas devia ser rico. Não só podíamos pedir leite, como podíamos também pedir gasosa. Era uma guloseima fabulosa, tendo em conta que eu nunca bebia gasosa, em restaurantes ou em casa. Na verdade, durante muito tempo, nem sequer soube o que era gasosa, sabia apenas que era qualquer coisa com muitas bolhas.

Uma vez, cerca de três anos antes, eu encontrara um frasco de Alka-Seltzer de lima-limão no armário da cozinha da nossa casa, onde estavam arrumados todos os remédios. Já tinha visto como efervescia quando se deitava uma pastilha dentro de água e calculei que fosse «gasosa instantânea». Nas noites seguintes, esperei que os meus pais se deitassem e saboreei o gosto daquilo que eu julgava ser uma bebida de luxo (embora horrível). Não percebia por que raio as pessoas gostavam tanto de gasosa, mas pensei que talvez fosse um gosto que se adquirisse.

A minha fábrica clandestina de refrigerantes foi fechada uma semana mais tarde quando a minha mãe teve azia, encontrou o frasco meio vazio e me confrontou. Pedi-lhe desculpa por ter bebido a gasosa instantânea toda. Acho que ela teria ficado zangada se tivesse conseguido parar de rir.

Enquanto saboreava agora o meu refrigerante *a sério*, reparei que o senhor Ashton estava de fato e gravata, indumentária que eu só vira o meu pai e o meu avô usarem na igreja. Não era especialista em roupas, mas o fato parecia caro e via-se que a camisa do senhor Ashton não era propriamente feita em casa.

Estava tão ocupado a reparar em todas as coisas caras que eles tinham que nem reparei que os Ashton praticamente não falavam um com o outro.

Mais ou menos a meio do jantar, o senhor Ashton quebrou o silêncio para dizer que tinha uma surpresa. Tinha de ir em trabalho ao Sul da Califórnia e ia levar a família com ele para poderem passar uma semana na Disneylândia. Para minha surpresa, Taylor não pareceu nada entusiasmado. Na verdade, parecia zangado.

– Oh, por favor – disse –, outra vez não. Estou farto de lá ir.

Eu nem queria acreditar. Quantas vezes teriam lá estado? Que miúdo poderia alguma vez fartar-se da Disneylândia?

– Se vocês querem ir – continuou Taylor –, tudo bem, mas eu fico em casa.

Seguiram-se alguns instantes de silêncio desconfortável. Eu estava preparado para ouvir o discurso que começava por «Ouve bem o que te vou dizer, meu rapaz», o discurso que eu teria de ouvir se alguma vez fizesse um comentário como aquele, mas nada. Em vez disso, a mãe de Taylor simplesmente respondeu:

– Bem, talvez não seja má ideia.

O quê? Esta família era inacreditável!

– Sabes, Taylor – continuou o pai dele, olhando para o prato –, se é isso que queres fazer, suponho que não há problema. A última coisa que quero é arrastar-te para um sítio onde não queres ir. Talvez possamos arranjar outro sítio para visitar mais para o fim do Verão.

Eu queria gritar «Podem arrastar-me a *mim*!», mas só acho que ainda estava em estado de choque. Não só Taylor não queria ir de férias para a Califórnia, como dissera aos pais que ia ficar em casa e eles tinham concordado! Ele era o meu novo herói. Era como se Taylor fosse um adulto e os pais o tratassem como tal. Não havia dúvidas de que os meus avós podiam aprender muito com Stan e Janice. Eram a família perfeita.

– Muito obrigada por levarem o Eddie a jantar convosco – disse a minha avó, inclinando-se para a janela aberta do Continental gigante dos Ashton.

– Não tem de quê. É bom saber que estes dois rapazes terão um amigo por perto durante o Verão – as duas mulheres trocaram um olhar que eu reconheci de ver a minha mãe e a tia Cathryn juntas.

– Temos de convidar o... – a minha avó olhou para Taylor.

– Taylor...

– ...o Taylor para uma visita, em breve.

O senhor Ashton arrancou e a minha avó ficou de pé, a sorrir, entre mim e a casa.

– Que reviravolta simpática nos acontecimentos, não achas, Eddie?

– Talvez – passei por ela e entrei em casa, mas ela não me seguiu. Na verdade, não se mexeu. Ficou ali parada, a olhar para o sítio onde eu já não estava.

Eu nunca tinha magoado a minha avó assim, mas, naquele momento, nem sequer me apercebi. Estava demasiado ocupado a pensar na vida fabulosa de Taylor e a desejar poder fazer parte daquela família. Sem me aperceber, tomei uma decisão que teria um forte impacto sobre mim e sobre Taylor: planeava apagar o passado, ignorando-o.

E a avó era parte do passado.

Nove

esse Verão, passei muito tempo na casa dos Ashton. Tirando a idade, Janice não tinha nada em comum com a minha mãe, o que era óptimo. Não queria estar perto de alguém que me recordasse tudo o que eu tinha dito e feito, ou, mais importante ainda, o que *não* tinha dito e feito.

Só o compreendi muito mais tarde, mas a senhora Ashton era uma pessoa muito sozinha. Nunca a vi bêbada, mas raramente passava a tarde sem um copo perto dela. Na altura, presumi que era apenas parte da vida que as pessoas «ricas» levavam. Parecia glamoroso. Eu sentia-me em casa.

Toda a vida da senhora Ashton girava à volta de Taylor. Passava praticamente todo o seu tempo e dedicava toda a sua atenção a fazê-lo feliz – a fazer-nos felizes a ambos, agora. Era um alívio, uma agradável mudança daquilo em que se tornara a minha realidade diária. Com os Ashton, não havia passado, apenas futuro. E era um futuro luminoso.

A família deles era muito diferente daquilo a que eu estava habituado. O que não tinham em sorrisos era mais do que compensado em dinheiro. Taylor não usava galochas feitas de sacos do pão (na verdade, não usava galochas nenhumas, se não quisesse) e os pais davam-lhe uma bicicleta sempre que ele queria. Vi pelo menos três na garagem, encostadas ao lado do Continental.

O senhor Ashton era alto e tão calado como a casa ficava quando ele lá estava, o que não acontecia com muita frequência. O seu emprego de vendedor implicava viajar muito mas, sempre que chegava a casa de uma dessas viagens, trazia um presente. Eu achava fantástico que ele e Taylor não falassem muito. Pouca conversa significava que não havia sermões.

Numa viagem recente, Taylor recebera um novo videojogo chamado Pong. De outra vez, depois de ter es-

tado fora muito tempo, o senhor Ashton voltou com uma televisão a cores de ecrã gigante, novinha em folha. Era linda. Quem precisava de falar quando podia ter tudo «em cores naturais»?

Enquanto eu crescia, a nossa televisão era tão pequena que eu costumava sentar-me no chão, mesmo à frente dela, para ver melhor. A mamã estava sempre a dizer-me que ia apanhar cancro ou ficar cego por estar tão perto do ecrã, mas o papá dizia que ela estava apenas a tentar assustar-me. Em retrospectiva, acho que o dizia apenas porque eu era o seu comando à distância pessoal. De vez em quando, dizia:

– Eddie, quatro. Cinco. Vê lá o sete.

Uma vez que era eu que me sentava perto da televisão, nunca me pareceu justo que tivesse sido ele a ter cancro.

Taylor não sabia a sorte que tinha. Bastava olhar para a sua casa moderna, igual à das séries de televisão, para perceber que eram felizes. Até tinham um comando à distância verdadeiro. Taylor provavelmente nunca apanharia cancro nem ficaria cego e nem sequer sabia porquê.

Após algum tempo, comecei a convencer-me a mim próprio de que fazia parte da família deles – ainda mais

do que da minha família «verdadeira», a poucas quintas dali. Eles não tinham problemas e a vida ali era fácil; era como uma família a sério devia ser. A mamã sempre me dissera que as «coisas» não traziam a felicidade, mas eu percebia agora que ela estava enganada. Taylor tinha uma data de coisas e era mais feliz do que eu alguma vez fora.

O percurso que, ao princípio, me parecera uma grande caminhada até à casa de Taylor, foi-se tornando mais curto de cada vez que o fazia. Uma das quintas que havia pelo caminho estava ao abandono e parecia vazia mas, numa das minhas viagens para casa, descobri que estava enganado.

– Boa tarde – disse o homem de aspecto envelhecido, encostado a uma das poucas partes da cerca ainda de pé à beira da estrada. Tinha aproximadamente a idade do meu avô, mas era mais magro e bastante mais baixo. Os seus olhos pareciam pertencer a um homem muito mais novo, mas tinha a cara quase toda suja de terra e uma barba cheia e grisalha, espetada em todas as direc-

ções, como se estivesse a tentar fugir-lhe da cara. Se não estivesse à beira da quinta dele, eu teria julgado que era um sem-abrigo.

– Olá – respondi, parando a alguma distância.

– Vens da casa do teu amigo?

– Sim, senhor – respondi, algo incomodado por ele saber de onde eu vinha.

– Aposto que te sentes lá como se estivesses em casa – disse ele em tom compreensivo.

– Sim, senhor.

– Bem, ambos temos coisas para fazer e pessoas para ver. Uma boa tarde para ti.

– Para si também – respondi. Dei alguns passos e virei-me para ver se ele estava a olhar para mim.

Estava.

– Lamento muito o que aconteceu à tua mãe – disse ele, numa voz drasticamente diferente da anterior que mais parecia pertencer a outra pessoa. Tinha os olhos fixos nos meus, mas o seu rosto parecia totalmente descontraído. – Mas está tudo bem, rapaz. Está tudo bem.

Aquelas palavras, as palavras do meu avô, levaram-me instantaneamente de volta ao funeral da minha mãe. Não consegui mexer-me, nem sequer desviar os

olhos; o rosto gentil do homem e os seus olhos azuis tinham-se transformado noutra coisa. O rosto da minha mãe surgiu-me de forma tão intensa na mente que deixei de conseguir ver o homem desconhecido – só conseguia ver os últimos dias da vida dela a desenrolarem-se perante os meus olhos, de trás para a frente.

Ali estava ela, pintada e tranquila num caixão barato.

Cansada e magoada no carro, a regressar da quinta dos meus avós.

Desapontada e humilhada, a olhar para uma camisola no chão do meu quarto.

Engolindo com esforço um quadrado de chocolate Baker's.

A dor explodiu dentro de mim, arrastando soluços e uma corrente de lágrimas que me deslizaram pelas faces. Deixei-me cair para o chão e sentei-me na erva, de pernas cruzadas, com o rosto escondido nas mãos. Chorei pela primeira vez desde que a minha mãe morrera.

Depois de soltar o último soluço, olhei para a cerca e para o desconhecido com olhos inchados.

Nem queria acreditar no que via – ele estava a sorrir. Começou a caminhar em direcção à casa da quinta. De-

pois, parou e virou-se, os seus olhos encontraram os meus.

– Até nos voltarmos a ver, Eddie.

– Avô, quem é que vive naquela quinta meio abandonada aqui ao lado? – perguntei nessa noite ao jantar, ainda um pouco abalado pelo encontro dessa tarde.

– Ninguém, Eddie. Está vazia há seis ou sete anos. Os Johnson ainda são os donos, mas mudaram-se para o Leste.

– Bom, está lá alguém a viver. Encontrei um homem junto da cerca e ele falou comigo.

O meu avô parou de mexer nas ervilhas e semicerrou os olhos. As suas sobrancelhas brancas e hirsutas quase se uniram sobre o nariz.

– O que é que ele disse?

Eu não sabia bem se havia de responder ou não.

– Acho que estava a tentar ser simpático. Sabia que eu vinha da casa do Taylor e quis só dizer olá.

– Que mais? – perguntou o avô, reparando na minha hesitação.

– Sabia o que aconteceu à mamã e disse que lamentava muito mas que estava tudo bem.

O avô olhou para a minha avó e depois novamente para mim.

– Toda a gente sabe tudo da vida uns dos outros nesta estrada, Eddie, e suponho que é possível que um vizinho qualquer estivesse a dar uma vista de olhos por lá.

– Ele parecia pertencer ali.

A avó tentou disfarçar, mas apanhei-a a lançar um olhar preocupado ao avô. Conhecia bem aquele olhar porque já o vira, cerca de um ano antes. Nessa noite, estávamos sentados à mesa, a jantar, quando o telefone tocou. A avó atendeu e, sem dizer uma palavra, lançou aquele mesmo olhar ao avô.

Um vizinho que vivia ao fundo da estrada estava fora e alguém entrara em casa dele. Quando a notícia se espalhou, os homens da vizinhança correram para lá, de espingarda na mão. Chegaram à quinta dos Bauer mesmo a tempo de apanhar o intruso quando este fugia pela porta lateral. Detiveram-no e mantiveram-no sob a mira das armas – oito armas – até a polícia chegar.

O polícia mal conseguiu conter o riso quando se aproximou e viu o grupo improvisado de vigilantes que se formara.

– Bem, ou você não é daqui ou é o criminoso mais estúpido que já conheci – disse ao homem deitado na terra. – Esta deve ser a estrada mais segura do país. Estas pessoas davam a camisa do corpo ou as balas das armas umas pelas outras.

Os homens acenaram todos silenciosamente e sorriram, num raro momento de reconhecimento de como a vida era maravilhosa neste seu cantinho. O polícia continuou:

– Normalmente, sou chamado para proteger os proprietários, mas no seu caso parece que estou aqui para o proteger – os homens riram-se enquanto o ladrão era algemado.

Agora, ao ver o mesmo olhar preocupado no rosto da minha avó, percebi exactamente o que ele significava: o avô ia verificar em pessoa o que se passava na quinta dos Johnson – e, provavelmente, levaria consigo David Bauer e mais alguns vizinhos, bem como umas quantas espingardas Winchester.

Fui para a cama cedo, mas estava com medo de adormecer. A minha mãe já aparecera em alguns dos meus sonhos, mas sempre de forma desfocada, a preto e branco. Nunca tivera um sonho tão vívido como aquilo que vira na estrada nessa tarde – e não queria começar a ter agora.

Ao contrário dos Ashton, os meus avós tinham uma velha televisão a cores Zenith, comprada num leilão. Cerca de quinze minutos antes da hora do programa que queríamos ver, o avô dizia:

– Vou ligar o aparelho para aquecer.

A imagem demorava uma eternidade até aparecer e ficar nítida (e «nítida», neste caso, significava cores que faziam com que toda a gente parecesse um bocadinho doente).

O único programa que os meus avós nunca perdiam era o de Lawrence Welk. A avó adorava-o, mas, agora que eu vira a televisão de Taylor, Lawrence Welk só me irritava. O programa era tudo menos «Maravilhoso, maravilhoso!», e vê-lo era um lembrete constante de que não podia ver *Starsky & Hutch* ou mesmo *Happy Days*, que a

avó dizia ser uma série «engraçada», à excepção «daquele Fonzie».

Mas, embora eu odiasse Lawrence Welk, adorava a ideia de televisão. Espantava-me que uma câmara, algures, o captasse a conduzir uma orquestra e que uma imagem em movimento cruzasse os ares, de alguma forma, até ao grande aparelho ruidoso na nossa sala. Quando a avó apagava a televisão, eu continuava a olhar, enquanto a imagem encolhia rapidamente até restar apenas um pontinho luminoso no centro do ecrã.

Nessa noite, depois de andar às voltas na cama durante uma hora, esgueirei-me até à sala e acendi a televisão. O botão do comando fazia um clique tão alto que tive a certeza de que um dos meus avós viria ver o que se passava. Não me atrevi a usar o botão para mudar de canal, ainda fazia mais barulho do que o botão de ligar.

Enquanto esperava que a imagem se materializasse, reparei pela primeira vez em como a televisão era velha. Perguntei a mim próprio se a avó se aborreceria por o avô não poder comprar uma nova. Eu aborrecia-me, pelo menos.

Sentei-me mesmo encostado ao ecrã – demasiado perto para poder evitar um cancro ou a cegueira. Foi

então que o elenco de personagens da minha vida na quinta se tornou completo: os meus avós; Taylor e os pais; o desconhecido da quinta do lado; e os meus três amigos mais recentes da televisão – Johnny, Ed e Doc.

Vi o *The Tonight Show* nessa noite e, pelo menos durante uma hora, consegui escapar à quinta e aos meus pensamentos. Teria ficado a ver a noite toda, mas a emissão chegou ao fim depois de o programa terminar, deixando-me com uma bandeira americana a abanar enquanto o hino tocava por trás.

Depois, ficou apenas uma cabeça de índio em cima de um círculo estranho – e eu estava novamente só.

Dez

Quando disse a Taylor que os meus avós só viam televisão uma vez por semana e que, quando víamos, era o programa de Lawrence Welk, ele ficou chocado. Os pais deixavam-no ver aquilo que queria, desde que tivesse terminado as suas tarefas, no Verão, ou os trabalhos de casa, durante o tempo de aulas. Todas as terças-feiras à noite ele me provocava com as séries *Happy Days* e *Laverne & Shirley*. Os pais até o deixavam ficar acordado para ver uma série chamada *Soap*. Taylor dizia que era sobre um fantoche e um tipo qualquer que pensava que era invisível. Parecia-me bastante estranho, mas até os fantoches seriam melhor do que Lawrence Welk.

Contudo, embora a televisão fosse uma boa desculpa para eu dormir em casa de Taylor, o verdadeiro motivo pelo qual eu queria passar lá mais tempo era que os Ashton me tratavam como um filho. Imaginava-me a viver ali, Taylor e eu a fazermos o que quiséssemos, ambos tão fartos da Disneylândia que implorávamos aos pais dele que nos levassem a outro lado qualquer.

– Avó – disse, enquanto me dirigia para a porta no fim de uma tarde de Setembro, com uma velha mochila remendada que o avô me oferecera ao ombro –, vou passar a noite em casa do Taylor.

– Não, não vais, Eddie. Dormiste lá três das últimas sete noites e tenho a certeza de que as pessoas devem achar que estás a abusar.

– Os Ashton não se importam. A sério. Telefone-lhes e pergunte, se quiser – estava a experimentar a táctica de Taylor, de simplesmente informar como as coisas iam ser.

– Eles são demasiado educados para dizer que não – a avó não estava a ceder tão facilmente como os Ashton. – Esta noite ficas em casa. Eu faço sanduíches de carne picada.

– Não quero. O Stan e a Janice iam levar-nos a jantar fora. Tínhamos planos!

A minha avó demorou alguns instantes a ultrapassar o choque com a forma casual como eu tratara os pais de Taylor pelo primeiro nome. Não gostava nada.

– Lamento se os meus cozinhados não estão à altura dos teus novos padrões de cinco estrelas, mas, se tinhas planos, devias ter perguntado primeiro ao teu avô ou a mim – a voz da avó era amável mas firme.

– Mas, avó... – restava-me um último trunfo na manga – ...as aulas começam para a semana e, depois disso, só posso dormir lá aos fins-de-semana.

– Não, Eddie. Esta noite, não. Na verdade, não voltarás a dormir lá enquanto a escola não começar e não tivermos a certeza de que estás a ter boas notas.

Eu nem queria acreditar. Estava farto. Agarrei na mochila pela alça e atirei-a. Só queria arremessá-la a pouca distância, mas dei balanço demais. Ela voou pelos ares e bateu na parede com estrondo, deixando uma mossa no estuque.

A avó fitou-me com uma expressão incrédula por um instante.

– Tens muita sorte por o teu avô não estar aqui para ver isto – a amabilidade desaparecera-lhe da voz.

– Sim, sinto-me mesmo *sortudo* ultimamente! – as palavras escaparam-me da boca enquanto subia para o meu quarto com passos furiosos. O avô só me batera daquela vez, mas nem conseguia imaginar como ele reagiria à maneira como eu tratara a minha avó. Tinha a certeza de que me espancaria com alguma alfaia agrícola exótica.

No fundo, sabia também que merecia o castigo que ele me quisesse dar. Esse conhecimento afastou-me ainda para mais longe.

Cerca de uma hora depois, ouvi a carrinha do avô a subir o caminho. O barulho do escape fez-me lembrar o quanto odiava aquela carrinha velha. Poucos momentos depois, ouvi a porta da rua abrir e fechar e, de seguida, a voz calma e abafada da minha avó. A voz do avô respondeu num tom muito menos calmo.

– Ele fez o quê? – gritou. Depois a avó disse mais qualquer coisa, baixinho, e a voz do avô respondeu num tom ligeiramente menos zangado.

Aos poucos, relaxei.

Ele não chegou a subir as escadas.

Na manhã seguinte, desci para o pequeno-almoço à espera do pior, mas não aconteceu nada. Eles estavam ambos calmos e deram-me os bons-dias num tom amável, embora um pouco reservado.

Depois do pequeno-almoço, atravessei a sala e vi que a parede fora reparada. Se a zona não estivesse ligeiramente mais branca do que o resto da parede, seria impossível dizer onde eu a danificara. O meu avô devia ter descarregado a fúria com uma colher de pedreiro e gesso. No chão, junto à parede, estava um balde de tinta.

– Eddie, parece que tens umas pinturas a fazer – disse o avô sem levantar os olhos do jornal. – Tem cuidado para não salpicares o chão.

– Sim, senhor – respondi, sem o mínimo sarcasmo. Acho que foi a única vez em toda a minha vida que tratei o meu avô por «senhor».

Perguntei a mim próprio se eles seriam tão infelizes por eu viver ali, tal como eu era.

Tive medo de voltar a casa de Taylor enquanto o incidente da mochila não estivesse esquecido, portanto, em

vez disso, ele veio à nossa quinta quase todos os dias ao longo das semanas seguintes. Os meus avós tratavam-no como os Ashton me tratavam a mim.

Ocorreu-me que ter Taylor lá em casa era quase tão bom como estar em casa dele. A avó ficava tão contente por me ter por perto que, para me safar às minhas tarefas, bastava dizer com ar triste:

– Oh, avó, mas íamos mesmo agora fazer explorações.

O avô era mais difícil de enganar mas, pelo menos, Taylor estava disposto a ajudar-me a fazer o que quer que o avô pedisse.

Um dia, o avô pediu-nos que percorrêssemos a cerca em torno da quinta à procura de sítios que precisassem de arranjo. Estava uma tarde fresca de Outono e Taylor e eu tínhamos planos grandiosos que não incluíam inspeccionar o que nos parecia ser mil quilómetros de cerca.

– Está um dia fantástico – tentou o avô argumentar –, e a caminhada far-vos-á bem. Quem sabe, talvez até seja divertido.

Taylor tinha sempre uma atitude melhor do que a minha. Aceitou o desafio como uma oportunidade de aventura. Afinal, a tarefa levar-nos-ia a cantos da quinta que nem mesmo eu conhecia ainda. A avó fez-nos sanduíches, embrulhou-as em papel vegetal, com alguns *pickles* de alho, e arrumou-as na minha mochila. Fiquei um pouco embaraçado com o pão caseiro da avó e o papel vegetal, uma vez que Taylor tinha sempre pão de compra e sacos de plástico. Esperei que ele não reparasse na forma como vivíamos. Enchi o cantil de água e disse, a brincar, que tínhamos de ser primitivos como Lewis e Clark.

A viagem levou-nos pelas traseiras da propriedade até uma área onde o bosque estava a reclamar parte da quinta. A cerca estava a fazer o seu melhor para deter as hordas de arbustos e rebentos, mas descobrimos alguns sítios onde a floresta vencera a batalha.

Quando nos afastámos do alcance da audição dos meus avós, decidi dizer a Taylor como gostava de ir para casa dele.

– Os teus pais são o máximo. Às vezes, gostava de viver convosco.

– A sério? – Taylor parecia surpreendido. – Para ser honesto, preferia viver contigo. A tua avó é a melhor cozinheira que conheço e o teu avô é hilariante. No outro

dia, enquanto esperava que tu acabasses as tuas tarefas, ele e eu fartámo-nos de rir a jogar às cartas. Mas foi esquisito, porque a tua avó estava sempre a gritar o nome dele da cozinha.

Fiquei chocado. Não jogava às cartas com o avô desde antes do Natal. Não queria que Taylor jogasse com ele se eu não podia jogar.

– Taylor, ele faz batota – informei em tom desdenhoso.

– Oh, eu sei – respondeu ele com naturalidade, como se eu fosse ingénuo. – É por isso que é tão divertido. Ele anda a trabalhar num sistema há já algum tempo. Disse que se jogássemos mais algumas vezes, o aperfeiçoaria e depois me ensinava.

A ideia de Taylor jogar às cartas com o meu avô enfurecia-me mesmo. Não estava zangado com Taylor, mas sim com o avô. Taylor era *meu* amigo e não gostava que o avô conversasse com ele. Tentei uma nova táctica.

– Sim – disse-lhe –, ele parece muito engraçado ao princípio, mas quando o conhecemos melhor não é assim tão fantástico. As piadas perdem a graça ao fim de algum tempo. Mas a tua família é *sempre* fantástica. Os teus pais deixam-te fazer o que quiseres. Têm férias

fabulosas. Podes ver os programas de televisão que quiseres e o teu pai disse-me que vão comprar um Betamax para poderem gravar os programas e vê-los as vezes que quiserem. O que se passa contigo, Taylor? O teu pai não é um falhado. Vocês são ricos. Tens a vida feita.

– As coisas nem sempre são o que parecem, Eddie – murmurou Taylor, quase como se estivesse a falar sozinho. Encolheu os ombros e adiantou-se alguns passos, sinal claro de que não queria falar mais sobre o assunto.

A um canto da zona de bosque, uma árvore tinha caído sobre a cerca, destruindo uma parte considerável e criando um bom lugar para nos sentarmos a almoçar. Era também o único sítio onde podíamos estar dentro da cerca sem ver qualquer outra evidência de que estávamos na quinta. Não sei se o meu avô o planeara assim ou não, mas a caminhada estava a revelar-se uma das nossas melhores aventuras de sempre.

– Ai, ai – disse Taylor, olhando para o *pickle* que não quis comer.

– O que foi?

– O meu pai vai matar-me. Devia estar em casa às três e já passa muito dessa hora.

– Diz-lhe que te esqueceste. É verdade, não é? Acaba de dar a volta à quinta comigo, fica para jantar e depois vai para casa como se não se passasse nada. Vá lá, eu já sei qual é o sistema do meu avô – menti. – Não precisas de jogar às cartas com ele, eu ensino-te.

– Não posso. Temos de ir a casa da minha tia, uma festa de família qualquer. Nem sequer sei o que é, mas os meus pais têm falado nisso como se fosse muito importante. A sério, se não for, eles matam-me.

Imaginei Taylor vendado e encostado à parede, enquanto os pais lhe apontavam espingardas antiquadas.

– Algum último pedido? – brinquei, apontando-lhe o *pickle* como se fosse uma arma.

– És tão estranho. As coisas que deviam ser sérias não são, e as coisas que não deviam ser são.

– Hã? O que é que estás para aí a dizer?

– Esquece, Eddie. O teu avô disse que, se terminássemos de verificar a cerca hoje, podíamos acompanhá-lo nas suas voltas amanhã, por isso, diz-lhe que terminámos – levantou-se, sacudiu as migalhas das calças e começou a andar ao longo da última secção de cerca que nos faltava examinar.

Corri para o apanhar e ambos acelerámos o passo em direcção a casa, olhando superficialmente para a

cerca. Podíamos ter deixado passar buracos suficientemente grandes para lá caber um elefante, mas a verdade é que eu tinha muita experiência em não ver aquilo que estava mesmo debaixo do meu nariz.

A parte da frente da cerca era feita de rede metálica nova, presa a sólidos postes de ferro. Em vez de me acompanhar até casa, Taylor saltou a cerca ao canto.

– Adeus – disse, sem olhar para trás. Estava *mesmo* assustado. Vi-o correr pela estrada fora e depois reparei em algo na propriedade do lado.

Havia um curral entre a velha casa e o celeiro meio arruinado na quinta contígua. O curral não se via da estrada. Na verdade, os campos à sua volta estavam tão cheios de mato que o curral só era visível pelo intervalo nas colheitas raquíticas e abandonadas à minha frente. Saltei a cerca, não muito longe do sítio onde Taylor saltara, e aproximei-me o suficiente para ver o que se passava. Estava bastante certo de que podia ficar escondido nos campos enquanto não quisesse ser visto.

O velho que eu vira antes estava de pé no centro do curral, de costas para um cavalo muito infeliz. As jardineiras manchadas estavam apenas ligeiramente mais limpas do que a sua cara.

– Chiu, querida, está tudo bem. Anda buscar esta maçã – tinha o braço esticado e, na palma da mão virada para cima, segurava um quarto de uma maçã. – Vá lá, vá lá, vá lá – disse, de cada vez um pouco mais baixo.

A égua resfolegou e agitou a cabeça enquanto se aproximava cautelosamente do homem. Arreganhou os lábios e, com cuidado mas rapidamente, tirou-lhe a maçã da mão. Sem se virar, ele enfiou lentamente a mão no bolso do casaco de xadrez sujo e tirou outro pedaço.

– Queres outra, querida? – perguntou, num tom de voz que me fez lembrar o último encontro com ele. A égua aceitou; desta vez, não recuou antes de a comer.

Quando se virou para o animal, o desconhecido olhou através do campo, directamente para mim, detendo os olhos apenas o tempo suficiente para me dar a entender que sabia que eu estava ali. Tirou mais um pedaço de maçã do bolso e olhou atentamente para o focinho da égua. Com a mão em concha, pôs a maçã debaixo do nariz dela e acariciou-lhe gentilmente a cabeça com a outra mão.

– Agora somos amigos, não é, querida? Não há motivos para ter medo. Ninguém vai fazer-te mal.

A égua abanou a cabeça, como se estivesse a dizer que sim.

– Eddie – disse ele, sem se virar –, sai daí e vem cumprimentar a minha nova amiga.

Dei alguns passos para a frente e depois virei-me para o sítio onde estava agachado, entre as sombras. Era difícil perceber como é que ele me vira. Trepei as quatro travessas da cerca do curral e sentei-me na última. O homem aproximou-se e parou à minha frente.

– Creio que ainda não fomos formalmente apresentados – disse. – O meu nome é Russell.

Mais uma vez, fiquei impressionado ao ver como ele parecia sujo. A sua barba não era realmente grisalha como parecia à distância. Parecia antes ser naturalmente branca, mas coberta com camadas de castanho e amarelo sujo. Se havia um ser humano que podia ser descrito como sépia, era Russell. Ele sorriu, tirou o chapéu de *cowboy*, limpou o suor da testa encardida com um lenço já imundo e lançou-me um olhar demorado.

– Russell quê? – tinha a certeza de que os meus avós iam querer saber o apelido dele.

– Apenas Russell.

– Oh – fiz uma breve pausa e virei-me para a égua. – Não pensei que fosse assim tão fácil domar um cavalo – nunca tinha estado tão perto de um cavalo que não estivesse a subir e a descer num pau e a andar à roda ao som de música de feira.

Russell sorriu.

– Na verdade, sou o terceiro homem que tenta ajudar esta égua. Não sei porquê, mas acabo sempre por ficar com aqueles de quem toda a gente já desistiu.

Tratando-se de um desconhecido que falava enigmaticamente sobre cavalos, Russell devia provavelmente ter-me deixado mais desconfiado do que eu estava. É difícil explicar, mas ele transmitia uma afabilidade que me fazia sentir confortável e seguro. Tinha sobre ele toda a sujidade de todas as quintas do mundo – mas transmitia uma sensação de limpeza e paz. Falar com Russell era como falar com alguém que eu conhecera toda a minha vida.

– Então, bastou dar-lhe uma maçã? – perguntei.

– Não, Eddie. Bastou mostrar-lhe que a amo. Às vezes, é preciso recordar isso aos cavalos. Esta velhota já

passou por muita coisa e depois toda a gente desistiu dela. Foi maltratada e sentiu-se abandonada. Estou apenas a tentar ajudá-la a perceber que está enganada.

– Como?

– Bom, pode parecer estranho, mas tento recordar-lhe quem é. Estes cavalos são treinados, dia após dia, para esquecerem os instintos e emoções com que nascem. Toda a gente quer sentir-se amada, mas quando nos sentimos apenas sozinhos, é difícil conseguir seja o que for.

Eu estava a ficar perdido.

– Um cavalo pode sentir-se sozinho?

– Claro que sim. Na verdade, os cavalos são mais parecidos connosco do que imaginas. Nascem com o conhecimento daquilo em que é suposto tornarem-se, mas não sabem quem são nem como lá chegar. Aposto que se passa o mesmo contigo, Eddie. Provavelmente, as pessoas estão sempre a perguntar-te o que queres ser quando fores grande, mas essa é a pergunta errada, não é? É como dizer que esta égua é um cavalo de trabalho, em vez de dizer o que ela realmente é: boa, gentil e fiel. Estás a perceber a diferença? O «o quê» não importa. O que as

pessoas deviam realmente perguntar é: «*Quem* é que queres ser quando fores grande?»

Eu continuava sem perceber.

– *Quem* é que quero ser? Como assim? Como o Joe Namath ou o Evel Knievel?

– Não, não é bem isso – Russell sorriu. A sua voz não mostrou qualquer indício de irritação por eu não compreender o que ele estava a tentar dizer. – Quem é que *tu* queres ser? Em que tipo de pessoa te queres tornar?

– Quero ser rico e viver muito longe daqui. Vou ter uma casa enorme num sítio como Nova Iorque. Vou comprar o carro mais moderno, uma televisão nova e tudo o que quiser.

– Uau – disse Russell, virando-se para a égua. – Parece que já tens tudo planeado.

– Pois tenho. Só preciso de sair daqui e de me afastar de todas as pessoas que estão a tentar prender-me.

Russell ficou um instante calado e acariciou a cabeça da égua.

– Então, se tens isso tudo planeado, deves saber quem *tu* és.

– Já lhe disse, sou o Eddie – para compensar a paciência de Russell, eu tinha uma grande falta dessa virtude.

– Não é a isso que me refiro. Tenho a certeza de que já sabes isto, Eddie – disse Russell, puxando o lustro ao meu ego –, mas a maioria das pessoas não é como tu. A maioria das pessoas não sabe o que vai fazer, nem onde vai viver, nem sequer o que o dia de amanhã lhe reserva. As pessoas limitam-se a avançar, na esperança de na próxima mudança ou no próximo emprego ou no próximo dia serem «felizes». Mas um tipo como tu percebe como as coisas são. É por isso que conseguiste fazer um plano tão fabuloso.

Eu não percebia bem por que motivo estava a receber tantos elogios. Mas agradava-me.

– Pode ter a certeza. Tenho tudo estudado.

– Ainda bem para ti. Sabes, é suposto que as pessoas sejam felizes, Eddie, mas às vezes isso é difícil de conseguir, se a pessoa permite transformar-se em algo que não é.

Agora eu começava a perceber o que ele estava a dizer.

– Sim, o meu avô é assim. Está tão ocupado a convencer-se a si próprio de que é feliz, que nem sequer repara na quantidade de coisas que não tem.

– A sério? – perguntou Russell. Parecia genuinamente interessado.

– Sim. Antes, eu achava-o fixe e divertido, mas agora sei exactamente quem ele é: um velho que se enganou a si próprio e pensa que é bem-sucedido. Nem sequer consegue ver que é impossível encontrar a felicidade numa rua cheia de agricultores e pessoas simplórias. Podia ter muito mais do que uma estúpida horta. Há um mundo inteiro lá fora, mas ele está aqui preso, com mais uma data de gente sem perspectivas, más recordações e modos de vida desactualizados.

Vi, pela forma como Russell me ouvia, que ele percebia exactamente o que eu estava a dizer. Senti-me inteligente por lhe mostrar o quanto sabia e por partilhar com ele coisas que os meus avós nunca compreenderiam. Fiquei surpreendido por alguém com o aspecto de Russell me perceber – mas ele percebia.

– Rapaz, tenho muita pena de ouvir isso em relação aos teus avós – respondeu Russell num tom compreensivo. – É uma pena que não possam aprender qualquer coisa com alguém como tu, alguém que sabe o que quer e que faz por o conseguir. E tu sabes que terás sucesso porque compreendes que o «quem» te conduzirá sempre à felicidade. Depois disso, o «quê» e o «onde» encaixarão sozinhos nos seus lugares. Se os teus avós

conseguissem perceber isso, podiam ser tão felizes como tu és. Talvez conseguissem até ser tão bem-sucedidos como tu serás.

Russell fez uma pausa e virou-se para a égua.

– Claro, esta velhota perceberá tudo isso assim que eu a recordar de que é amada.

Ignorei a égua.

– Sou muito feliz – protestei, sentindo-me compelido a reforçar um facto já declarado. – E os meus avós estão sempre a dizer-me que me amam.

– Tenho a certeza que sim. Não sabia que estávamos a falar de ti.

– Não estamos. Estou só a dizer.

– Oh, claro. Sabes, Eddie, pareces um miúdo esperto, por isso, deixa-me pedir-te um conselho em relação a uma coisa.

– Está bem – fiz-me desinteressado, mas estava contente por Russell já me ter em tão elevada consideração.

– Bem, já cheguei muito longe com esta égua, mas ainda não consegui que ela confiasse completamente em mim – tirou outro pedaço de maçã do bolso e levou-o ao nariz da égua. Esta recuou violentamente com a cabeça. Russell manteve a mão firme e a égua aproximou

cautelosamente o focinho e apanhou a maçã com a boca.

– Já te disse que ela tinha passado por muita coisa – continuou Russell, – mas, na verdade, é muito mais profundo do que isso.

«Quando ela nasceu, os donos criaram-na numa quinta com outros cavalos. Depois, a quinta foi vendida e os novos donos quase nunca estavam lá – Russell virou-se para olhar para mim. Era quase tão bom contador de histórias como o avô. – Contrataram uma pessoa para cuidar dos animais, mas era um velho cruel que estava mais interessado em maltratar os cavalos do que em dar-lhes comida ou cuidar deles.

Imaginei a égua gentil que tinha à minha frente a ser maltratada. Fiquei zangado. Queria ajudá-la.

– Seja como for – continuou Russell –, um dia, um cavalo mais velho da quinta adoeceu. Em vez de tratar dele para ficar bom, o guarda pegou na espingarda e matou-o... mesmo em frente desta pobrezinha. Imagina veres um amigo ser morto sem motivo nenhum, mesmo à tua frente.

Luzes brilhantes e sirenes encheram-me a cabeça. O meu pai, frágil e doente, numa cama de hospital.

A minha mãe, cansada e zangada, atrás do volante do carro.

– Alguns meses depois, uma tempestade violenta derrubou parte da cerca do curral. Os instintos dos cavalos vieram ao de cima e todos correram para a liberdade pela abertura na cerca. Foi então que a encontrei, assustada e sozinha, no bosque.

Olhei para a égua com um novo nível de respeito.

– Estava interessado em comprá-la, por isso, fui falar com o guarda. Ele fez-me uma oferta que não pude recusar e tenho estado a tratar dela desde então.

Russell virou-se de novo para o animal e apresentou-lhe mais um pedaço de maçã.

– Infelizmente, ela teve uma experiência tão má que nunca mais confiou noutro ser humano – a égua agitou novamente a cabeça. – Todos os dias lhe mostro o que é o amor, mas acho que, pelo menos na sua mente, ela o associa a medo. Portanto, Eddie, penso que me dava jeito um conselho... como é que hei-de mostrar-lhe que nem toda a gente lhe quer fazer mal?

Eu estava tão envolvido na história que me esquecera de que Russell pretendia a minha ajuda. Tentei pensar em alguma coisa inteligente para dizer.

– Bem, não sei. Suponho que tem de continuar com o que está a fazer. Estou certo de que ela acabará por perceber que o que lhe aconteceu não foi culpa dela e que você é seu amigo.

Fiquei embaraçado por não ter mais nada a oferecer, mas Russell aparentemente pensou que a minha resposta era melhor do que eu julgava. O seu rosto iluminou-se.

– Sabes, Eddie, tens toda a razão. Tenho apenas de insistir. Obrigado.

Eu estava a sorrir por dentro, mas não quis abusar da sorte.

– Bem, os meus avós estão à minha espera – disse, saltando da cerca e afastando-me com passo rápido.

– Aparece mais vezes, Eddie – gritou Russell.

Não precisei de dizer que o faria.

Nessa noite, esgueirei-me outra vez da cama para ver o programa de Johnny Carson. Quando entrei na sala, vi que ela estava iluminada com o brilho esverdeado da te-

levisão. O meu avô estava sentado na mesinha de café, com o nariz quase encostado ao ecrã.

– Avô?

– Chiu – ele levou um dedo aos lábios e chegou-se para o lado, arranjando espaço para mim na mesinha.

Sentei-me ao lado dele e vimos o programa em silêncio, com vontade de rir mas com medo de que a avó nos descobrisse. Sentia o braço forte do meu avô encostado ao meu braço magricela. Durante uma exibição de *El Dorado*, os sentimentos de afecto que tínhamos partilhado há tanto tempo voltaram. O avô não sabia, mas, embora eu estivesse a olhar para a televisão, estava na realidade a rever a história do último ano na minha mente.

Queria voltar para trás, mas não sabia como. Por isso, simplesmente deixei-me ficar ali sentado.

Onze

oje preciso da tua ajuda – disse o avô alegremente na manhã seguinte, enquanto tomávamos o pequeno-almoço. Depois de acabarmos de comer e de arrumarmos a loiça, levou-me até ao mais pequeno dos dois celeiros. A metade do lado esquerdo fora esvaziada e transformada em espaço de armazenamento para o material de artesanato da avó. Ela estava sempre a tricotar, ou a fazer mantas de retalhos, ou a coser. Onde era agora o meu quarto, fora em tempos o quarto de costura da avó; quando eu me mudara lá para casa, o avô transferira todas as coisas dela para esta oficina.

A metade do lado direito do celeiro ainda era do avô. A fronteira entre a arrumação e o caos separava as duas metades tão nitidamente como uma parede. Ele levou-me até ao canto mais distante do celeiro e tirou um lençol velho de cima do que me pareceu um monte de restos de madeira.

– O que vamos fazer, avô?

– Vamos construir a prenda de Natal da tua avó – respondeu ele. – Claro que é *segredo* – acrescentou em tom conspirador.

Eu esquecera-me completamente; faltava menos de um mês para o Natal. Nem acreditava que o tempo passara tão depressa sem eu me aperceber, provavelmente porque o Inverno até aqui tinha sido invulgarmente quente. Quando era pequeno, invejava o avô e a avó porque eles tinham sempre muito mais neve do que nós. Embora não vivessem assim tão longe, a linha divisória entre chuva e neve parecia passar sempre entre nós e eles. Houve muitas tempestades em que nós ficámos inundados e eles tinham bancos de neve até ao cimo do alpendre.

Houve alturas em que eu me imaginava a fugir e ir viver com eles só para ter mais dias sem escola por causa da neve. Imaginava o avô e eu a acordarmos cedo, a fazermos um forte de neve no jardim da frente e a bebermos chocolate quente o dia todo. O avô provavelmente não me obrigaria a usar as botas de sacos do pão, pensava eu. Parecia um sonho.

Mas agora que estava a viver esse «sonho», apercebia-me do quanto estava enganado. Sim, não havia botas de sacos do pão, mas também não havia neve. Nem um centímetro. Não nevara o ano todo. *As coisas nem sempre são o que parecem.* A voz de Taylor ecoou-me na cabeça.

O avô deu-me uma lixa e apontou para uma pilha de pedaços de madeira dispostos no chão e em cima da sua bancada de trabalho.

– Estes têm de ficar macios como pedras de riacho. Começa com o lado mais áspero da lixa e depois passa para o lado preto, mais fino. Tenho de cortar mais alguns pedaços.

Era a última coisa que me apetecia fazer.

– O que estamos a construir? – perguntei, na esperança de conseguir encontrar um atalho que não envolvesse lixa.

– Acho que será mais divertido se não te disser – respondeu o avô. – Talvez consigas adivinhar quando come-

çarmos a montar o presente – estava a ser dissimulado, provavelmente por saber o motivo por trás da minha pergunta.

– Porque é que não lhe compra antes qualquer coisa? – sugeri. – Tenho a certeza de que ela preferia uma coisa nova de uma loja.

O meu avô olhou para mim como se nunca me tivesse visto.

– Não, não preferia. Além disso, ficamos mais felizes quando nos concentramos em fazer alguém feliz – eram as palavras da minha mãe na voz do meu avô.

Deixou-me sozinho, sentado num banco. Lixei madeira durante algum tempo, mas parei quando comecei a ficar com cãibras nas mãos. Era evidente que nunca seria um artesão. Os sons regulares provenientes do outro canto disseram-me que o avô estava ocupado e não viria tão cedo ver como eu me estava a sair, por isso, decidi explorar o celeiro. Taylor e eu já tínhamos entrado lá à socapa algumas vezes, mas eu sempre tivera medo de que o avô percebesse que lá tínhamos estado. Era o único sítio, de toda a quinta, onde eu estava proibido de ir.

Atravessei para o lado arrumado e comecei a inspeccionar as coisas da minha avó. Havia flores a secar em

cima de um banco e aquilo que parecia um museu de máquinas de costura encostado a uma das paredes. Uma das máquinas era uma velha Singer, com um pedal ligado por uma correia de cabedal a uma grande roda metálica. Fiquei tão intrigado com o modo como funcionava que nem reparei que a oficina estava silenciosa.

Ao lado das velhas máquinas de costura estava uma estante que o meu avô obviamente construíra. As prateleiras estavam cobertas de retalhos e colchas meio acabadas, rolos de tecido de pijama e de camisa, lã e material de tricotar. Um novelo de lã em particular chamou a minha atenção e peguei-lhe. Enquanto passava o fio entre os dedos – era áspero e macio ao mesmo tempo –, o meu avô aproximou-se e parou ao meu lado.

– Algumas destas coisas eram da tua mãe. Aos oito anos ela já sabia tricotar. Ficava tão engraçada; as agulhas eram quase tão compridas como os braços dela.

Enquanto ele falava, lembrei-me da mamã a tricotar a minha camisola de Natal todas as noites, mesmo ali, à minha frente. Ergui para ele os olhos secos.

– Não sou muito bom a lixar.

– Não faz mal, Eddie. Também há coisas em que eu não sou muito bom. Por exemplo, estou muito enferru-

jado para educar crianças. Foi a tua avó que fez a maior parte do trabalho com a tua mãe. Quando tu nasceste, pensei que ter um neto seria divertido e fácil. E foi... pelo menos durante algum tempo.

Passaram-me pela cabeça memórias de pescarias e cones de gelado e jogos de cartas fraudulentos. Há muito tempo que não fazíamos nenhuma das coisas divertidas que costumávamos fazer.

As coisas agora eram diferentes.

O avô fez uma pausa, como se estivesse a recompor--se. Quando falou de novo, a sua voz era mais baixa e pouco firme.

– Filho, tu e eu somos muito parecidos. Somos teimosos. Queremos sempre mostrar às pessoas como estão enganadas, provar-lhes que não precisamos de ninguém. Pois bem, quero que saibas como eu estava enganado. Tentei ensinar-te uma lição e, em vez disso, não vi o que estava mesmo à frente dos meus olhos: a tua mãe estava demasiado cansada para conduzir, naquela noite. Cometi um erro e hei-de arrepender-me dele para o resto da vida.

Eu queria largar a lã e abraçar o avô. Queria tanto que as coisas fossem como antes. Pensei no que Russell me

dissera. Saberia o avô realmente *quem* era? Seria mesmo feliz? Seria possível que estivesse a sentir-se tão sozinho e abandonado como eu?

Antes que eu pudesse dizer alguma coisa, o avô continuou:

– Às vezes, as nossas forças são também as nossas maiores fraquezas. Às vezes, para sermos fortes, é preciso primeiro sermos fracos. Temos de partilhar os nossos fardos; temos de nos apoiar nos outros enquanto enfrentamos os nossos problemas, nos enfrentamos a nós próprios. É difícil de fazer, mas a família existe para ser um porto de abrigo das tempestades por que todos passamos na vida.

De súbito, a lã parecia viva nas minhas mãos. Imaginei a mamã a terminar a minha camisola, a cortar o último fio com os dentes. Ela devia ter ficado tão orgulhosa. Depois vi-a a olhar para a camisola amachucada no chão do meu quarto. Esse pensamento trouxe consigo uma vaga de emoções, nenhuma delas boa. Concentrei-me no meu avô.

Depois, mais uma vez, afastei-o.

– Não quero ajuda – disse bruscamente. – Todas as pessoas que amei foram-me roubadas. Não vou deixar

que isso volte a acontecer. Não preciso de *ninguém*. Sei quem sou. Não sou como o avô e nunca serei. Vou ser rico. Não terei de ser forreta com a mulher que afirmo amar e *fazer-lhe* uma prenda... hei-de comprar-lhe uma prenda a sério. Os meus filhos vão ter tudo o que precisarem.

Atirei a lã para o chão como se fosse uma cobra e virei-me para correr. O meu avô atravessou-se à minha frente e segurou-me nos ombros. Eu sabia que não adiantaria de nada debater-me, por isso, limitei-me a assumir uma pose o mais desafiadora possível e a olhar em frente, para o peito dele.

– Olha para mim – não mexi a cabeça; simplesmente levantei os olhos até encontrar os dele. – Em primeiro lugar, eu amo-te, Eddie, e não vou a lado nenhum. Nem a tua avó.

– Não pode prometer uma coisa dessas – protestei. Não podia deixá-lo entrar. – Não sabe – nem sequer ouvi a primeira parte do que ele dissera.

– Tens razão, *não* sei, mas não podes viver o resto da tua vida com medo, sentimento de culpa e raiva. Quer gostes quer não, a vida é uma série de acontecimentos que nem sempre compreendemos e dos quais nem sempre

gostamos. O que aconteceu à tua mãe não foi culpa tua e não foi culpa minha. Foi apenas um acidente estúpido.

Eu estava prestes a ir-me completamente abaixo. Toda a dor, todo o sofrimento, todas as memórias queriam soltar-se ao mesmo tempo.

– Eddie – continuou o avô –, acho que estás a fazer uma confusão básica entre aquilo que *queres* e aquilo de que *precisas.* Nem sempre temos aquilo que queremos, mas de certeza que não precisas das coisas que tens querido ultimamente.

As minhas emoções em turbilhão concentraram-se na raiva. Disse a coisa mais cruel de que consegui lembrar-me.

– Nesse caso, suponho que não *precisava* de mãe ou pai.

Estava a tentar encurralá-lo, na esperança de que ele contra-atacasse. Seria mais fácil para ambos se parássemos de falar, mas o avô não se deixava manobrar tão facilmente.

– Eddie, não podemos controlar o que nos acontece, mas podemos controlar a forma como reagimos aos acontecimentos. Todos estamos *destinados* a ser felizes. Até tu, Eddie, mesmo que, por vezes, seja difícil acredi-

tares nisso, estás destinado a ser feliz. Se não és feliz, a culpa não é de Deus, nem minha, nem de ninguém. É apenas tua.

As palavras acenderam um fogo dentro de mim. Corri a apagá-lo antes que começasse a derreter a frieza de que eu me habituara a depender quando me sentia ameaçado pela bondade.

– Está só a tentar arranjar desculpas para Deus e para si. Não sou feliz por *minha* causa? A sério? Onde estava Deus quando a mamã nem sequer conseguia pôr comida na mesa? Onde estava o avô quando a mamã passava todos os seus minutos livres a transformar aquela lã na única prenda que podia dar-me? Pensei que a família cuidava da família.

– Estás a pisar o risco, filho – largou-me como eu tinha largado a lã.

– Não, não estou. Tenho razão e sabe muito bem disso – senti algo a crescer dentro do avô, algo que eu não esperara. Medo? Sentimento de culpa? Não sabia, mas não tencionava parar agora.

Ele recuou um passo e apoiou-se numa prateleira coberta de lã. Estudou-me durante alguns segundos. Percebi que estava a tomar uma decisão importante.

– Toda a gente estava a tentar ajudar-vos, Eddie. Mas a tua mãe sempre recusou. Nós não somos ricos, como sabes, mas podíamos ter feito mais, se ela nos tivesse deixado. Ela queria cuidar de ti sozinha... achava que uma ajuda era a mesma coisa que uma esmola e não queria esmolas. Não queria sentir que fracassara. Estava errada e foi teimosa. Suponho que vocês os dois tinham mais em comum do que eu pensava.

Embora eu tivesse passado a infância a usar botas feitas de sacos do pão, nunca percebera exactamente as dificuldades que os meus pais passavam. Só depois de a minha mãe morrer é que comecei a somar dois e dois.

– Deixa-me mostrar-te uma coisa – o avô encolheu--se para passar entre as máquinas de costura e a estante, até chegar ao canto da parte do celeiro pertencente à avó. Segui-o e parámos lado a lado em frente de uma lona verde. Cheirava a campismo. Ele olhou outra vez para mim como se ainda não tivesse bem a certeza em relação ao que estava prestes a fazer. Depois do que pareceu uma eternidade, disse, por fim:

– A tua mãe não sabia disto. Não teria gostado se soubesse. Teria considerado que era demais.

Agarrou numa ponta da lona e puxou-a.

Uma Huffy novinha em folha.

Fiquei sem palavras. Era o presente que eu tanto desejara mas que nunca recebera: encarnada e brilhante, com assento de napa preta e um guiador grande e cromado.

Desci os olhos para os pneus. Vinte cartas de jogar tinham sido colocadas nos raios de cada roda, para fazer um som especial quando as rodas girassem. Reconheci imediatamente as cartas do baralho preferido do avô.

«Não admira que ele não quisesse jogar comigo naquele dia», pensei.

O meu sentimento de culpa multiplicou-se. Não conseguia mexer-me. A minha mente era um caos de pensamentos, memórias e emoções.

Por fim, o avô quebrou o silêncio.

– Estás a ver, Eddie, às vezes, a prenda que mais queremos está mesmo à nossa frente, mas temos de nos desviar do nosso caminho para a receber.

Eu não conseguia falar, mas a expressão do meu rosto dizia muito mais do que alguma vez poderia pôr em palavras.

O avô continuou:

– A avó sabia que eu te ensinara alguns dos meus truques de caça ao presente, por isso, não me deixou escondê-la em casa. Tencionávamos dar-ta assim que acabássemos de abrir os outros presentes, mas depois tu portaste-te mal com a tua mãe quando ela quis que ficassem cá. Eu... bem, quis ensinar-te uma lição – o avô calou-se, enquanto as lágrimas se derramavam dos seus olhos e lhe escorriam pelas faces.

O avô estava a chorar.

– Filho, se eu pensasse que uma coisa tão simples como uma bicicleta podia fazer-te feliz, já ta teria dado há muito tempo. Mas uma bicicleta não pode fazer-te feliz. Não há bem material nenhum que possa fazê-lo. Tens de encontrar de novo o teu caminho para as coisas que te darão felicidade duradoura, e essas não se podem comprar nas lojas.

Ouvi o avô a falar, mas estava hipnotizado pela Huffy. Não conseguia tirar os olhos dela. Parecia-me que podia desaparecer, como todas as outras coisas boas da minha vida.

– Estás a ver, Eddie, não estás sozinho. Nunca estiveste. Nós não te abandonámos, nem à tua mãe, e nunca te abandonaremos.

Queria falar mas não conseguia mexer a boca. Tudo aquilo que eu me forçara a acreditar estava a revelar-se errado – e não estava preparado para o enfrentar.

O avô continuou:

– Eu também tenho alguns «ses» em relação àquele dia. Se não te tivesse ensinado a encontrar os presentes. Se não tivesse tentado dar-te uma lição. Se tivesse exigido que ficassem. Se te tivesse dado a bicicleta. Se não tivesse sido tão... teimoso.

Lentamente, desviei o olhar da bicicleta para o meu avô. Ele tinha os olhos vermelhos, húmidos e muito cansados. Estudei-o e senti a agora familiar vaga de emoções a pesar sobre mim, implorando-me que cedesse e caísse nos seus braços fortes. Resisti com todas as energias que me restavam.

De cada vez que confiava em alguém, magoava-me. De cada vez que me entregava, desiludia-me. *Outra vez, não.* Tencionava afastar as pessoas antes que elas partissem.

Preparei-me e olhei para os olhos do meu avô.

– Fez um grande discurso sobre Deus e felicidade, mas olhe para si: não é feliz. Tem andado a enganar toda a gente ao longo do último ano, mas não a mim. Eu vejo a verdade – não estava disposto a largar assim tão facilmente a minha culpa e a minha raiva, e de certeza que não ia partilhá-las com a pessoa que eu me convencera a mim próprio ser o principal causador delas.

O avô pareceu espantado. Desferi o golpe final.

– A mamã ainda estaria viva se *o avô* não nos tivesse obrigado a ir embora naquele dia.

Agora era a vez de o meu avô ficar sem palavras. Senti a sua vulnerabilidade e isso deu-me ainda mais forças.

– Pode ir à igreja as vezes que quiser, mas nenhuma das pessoas que lá vão é realmente feliz, portanto, pode parar com os sermões. Pare de me dizer como as coisas são boas porque «Jesus me ama» e como somos felizes porque «Deus está connosco» e como «somos uma familiazinha perfeita». É tudo mentira – agora eu estava praticamente a gritar. – Sabe porquê? Porque não há Deus nenhum. Jesus não nos ama. *Jesus não quer saber.*

As minhas palavras ficaram suspensas no ar, como que presas nas traves poeirentas do velho celeiro. As lágrimas recomeçaram a deslizar pelas faces do meu avô. Ataquei com tudo.

– Eu sou a única pessoa *real* nesta família. Sei quem sou. Serei feliz quando estiver longe daqui, quando não

tiver de me preocupar com as coisas estúpidas que as outras pessoas fazem, como obrigar uma filha cansada a pegar no carro.

Saí a correr do celeiro, com as lágrimas a correrem-me pela cara. O meu avô ficou sozinho, com uma bicicleta e a lã de uma centena de camisolas por fazer.

Olhei para o tecto do meu quarto, o estuque branco e liso, que contrastava com o tecto rachado e manchado pela humidade do quarto da minha antiga casa. A minha casa, onde eu devia estar. Sentia que devia estar a chorar, mas não conseguia. Não estava triste.

Pensei na bicicleta e em tudo o que simbolizava: esperança e felicidade; morte e desespero. As palavras do meu avô ecoaram-me aos ouvidos. *Temos de partilhar os nossos fardos; temos de nos apoiar nos outros... Todos estamos destinados a ser felizes.*

Eram sentimentos muito bonitos, mas não passavam de palavras e eu estava farto de conversa; a minha bola de neve tornara-se demasiado grande. Russell tinha razão – compreender o *quem* levaria ao «quê» e ao

«onde», e agora eu tinha as três respostas: a quinta dos meus avós era o «quê» e parte do «quem» que eu *tinha sido*. Em breve, seria altura de mostrar a toda a gente o «onde».

Levantei-me da cama e dirigi-me à cómoda. Tinha cinco gavetas, das quais eu só usava quatro. A minha camisola estava na quinta gaveta, mesmo no fundo. Era a única coisa nessa gaveta.

Na parede, por cima da cómoda, havia um espelho, mas evitei olhar para os meus olhos. Algo dentro de mim me dizia que estava a seguir o caminho errado e que tinha de começar de novo com os meus avós – mas ignorei-o. Era fácil enganar os outros mas, por algum motivo, o espelho fazia com que fosse cada vez mais difícil enganar-me a mim próprio.

Tirei a camisola da gaveta, levei-a ao nariz e inspirei fundo o cheiro da minha mãe. Sentia-me completamente perdido. A minha velha vida e o meu velho eu tinham desaparecido, e ela desaparecera com eles. Estava repleto de remorsos.

Nem sequer tive hipótese de me despedir.

PAGINAS AMARELAS

Doze

O meu avô não perdeu tempo a recomeçar a conversa que tínhamos tido no celeiro. Na manhã seguinte, depois do pequeno-almoço, seguiu-me até à sala, enquanto a avó levantava a mesa.

– Quem é que pensas que estás a magoar? – perguntou num tom cuidadosamente controlado. Os olhos velhos e cansados do dia anterior eram agora de um azul de aço.

– Só estou a tentar sair daqui.

– Pois bem, isso não vai acontecer. Vais ficar aqui ainda uns bons tempos. Já te disse ontem, eu não vou a lado nenhum, filho, e tu também não. Entretanto, tu e

eu temos de chegar a um acordo. Isto não é negociável: vais obedecer-me e respeitar a tua avó. Ela é a pessoa mais bondosa, mais doce e mais generosa que alguma vez conhecerás. Já sofreu o suficiente. Eu aguento todo o teu ódio egoísta, mas juro-te, se partires ainda mais o coração daquela mulher, terás de me responder a mim.

Olhei para a cozinha. A avó estava de costas para nós enquanto trabalhava no lava-loiça. Por um instante, senti-me culpado por tornar o seu fardo ainda mais pesado, mas o sentimento passou depressa.

– Não se meta no meu caminho que eu não me meto no seu – respondi em tom desdenhoso.

– Isso não vai resultar, Eddie. Vou continuar a amar-te, por mais que lutes contra mim. Gostava que não tivesse de ser assim. Preferia muito mais rir e ir comprar gelado e voltar a fazer viagens à loja de ferragens. Quero que a avó nos pergunte onde é que andámos durante três horas. Quero mostrar-te o resto dos esconderijos de Natal que descobri ao longo dos anos, mas, mais do que tudo, quero ter o meu melhor amigo de volta.

Eu não queria acreditar – outro sermão. E ele ainda não tinha acabado.

– Se queres continuar por este caminho da autocomiseração, a escolha é tua, mas é a escolha errada. Seja como for, eu não vou sair daqui. Vou estar sempre aqui, de braços abertos, pronto para te mostrar como a vida pode ser boa se deixares entrar os outros. Mas, até lá, vou vigiar-te como um falcão. Não me enganas, Eddie. Compreendo-te melhor do que tu te compreendes a ti próprio.

– Vigie à vontade. Não quero saber. Talvez aprenda alguma coisa. Além disso, só há uma pessoa por aqui que *quase* me compreende... e não é o avô.

O avô pareceu confuso por um segundo, depois olhou para a cozinha.

– Também não é a avó – respondi, com mais desdém do que sentia. – Estou a falar do Russell.

– Quem?

– O Russell. O homem que vive na quinta do lado.

– Eddie, não sei o que julgas que estás a fazer, mas podes parar com esses disparates sobre o Russell. Estive lá algumas vezes com outros vizinhos e não vimos ninguém, nem sinais de que os Johnson tivessem vendido a propriedade.

– Bem, então é óbvio que não se conhecem uns aos outros tão bem como pensam. O Russell vive lá e ele *percebe*. Ele sabe quem eu sou.

O avô lançou-me um olhar furioso.

– Já nem sequer sei quem és, Eddie. Não sei se viste mesmo alguém ou se estás a inventar tudo isto como parte de algum plano de fuga que andas a maquinar. Se for esse o caso, não vai resultar. Seja como for, não te aproximes da quinta dos Johnson. Não tens nada que lá ir sem mim.

– Tudo bem – respondi, mas não estava nada bem. Nesse instante percebi até que ponto a minha relação com o avô se deteriorara. Ele já nem conseguia confiar no seu próprio neto.

Naquela que se tornara a minha rotina normal, fiz exactamente o oposto do que o avô me dissera para fazer.

Caminhei até à quinta dos Johnson, por entre a vegetação, e passei pelo curral. A égua estava cá fora. Viu-me passar e cumprimentou-me com um resfolegar e um agitar da cauda. O mesmo animal que antes fora tão agressivo estava agora muito gentil. Era como se fosse um cavalo completamente diferente.

O primeiro degrau das escadas que levavam ao alpendre desaparecera e tive de dar um saltinho para

alcançar o segundo. Quando cheguei ao alpendre, parei e ouvi o espanta-espíritos de cobre manchado pendurado ao pé da porta. Uma brisa suave fê-lo soltar alguns estalidos e sons pouco impressionantes. Pensei em dar meia volta e regressar a casa.

Qual casa?

A porta de rede rasgada abriu-se com um rangido quando a mola se esticou pela milionésima vez. Hesitei, depois bati levemente à porta. Pequenas lascas de tinta antiga ficaram coladas aos nós dos meus dedos. Levantei a mão para tentar de novo, pensando que ninguém conseguiria ouvir uma batida tão leve. Depois, ouvi uma voz gentil atrás de mim.

– Olá, Eddie.

Devia ter-me assustado, mas não me assustei.

– Olá, Russell.

– Ia agora mesmo fazer uma pausa. Anda sentar-te um bocadinho ao pé de mim.

Conduziu-me por entre as ervas altas até uma árvore grande com um banco de jardim por baixo – um banco de jardim verdadeiro. Ainda se notavam nas costas as letras desbotadas de um anúncio às Páginas Amarelas.

– Leilão – disse ele simplesmente, respondendo à minha pergunta antes de eu a formular. – É para aqui que venho pensar depois de ter caminhado sem ser só pelos meus dedos – sorriu. – Toda a gente precisa de um sítio para ir reflectir de vez em quando. O silêncio é importante; é a única ocasião em que conseguimos ouvir os murmúrios da verdade.

Não sabia bem como lhe responder, por isso não disse nada.

Russell respirou fundo.

– É engraçado – continuou, em voz quase inaudível –; quantas pessoas olham apenas para a superfície sem ponderarem sobre o significado mais profundo das coisas. Talvez seja mais fácil assim, porque quando raspamos apenas a superfície podemos pôr a culpa dos nossos problemas na primeira pessoa que encontramos... e essa nunca somos nós – fez uma pausa, como que para sublinhar o que dissera. – Talvez seja por isso que as pessoas não se sentem à vontade com o silêncio. O silêncio obriga-nos a pensar, e pensar faz-nos perceber que nem todos os problemas são causados pelos outros.

Russell tinha os olhos fechados. Tive a certeza de que ficaria ali sentado, em silêncio, durante um mês, se

eu esperasse que ele falasse de novo. O silêncio era desconfortável.

– Não tem medo de que a égua fuja? – perguntei. – Aquela cerca partida não conseguirá impedi-la de sair.

Russell manteve os olhos fechados enquanto pensava na minha pergunta.

– Se tratarmos bem um animal, ele não foge. Os animais não são como nós. Fogem das pessoas em quem não confiam; nós, na maior parte das vezes, fugimos de nós próprios.

Mais silêncio.

– Acho que estou quase a terminar com esta velhota – continuou Russell. – Creio que ela já se lembrou de quem é. E é feliz. Não há muito mais que eu possa fazer. Provavelmente, vou esperar mais alguns dias e depois seguirei o meu caminho.

«Estava-se mesmo a ver», pensei com os meus botões. Todas as outras pessoas de quem eu me sentia próximo tinham partido. Porque não aconteceria o mesmo com Russell?

Ele levantou a cabeça e olhou-me nos olhos. Senti-me como se estivesse a ver através de mim.

– O que posso fazer por ti, Eddie?

– Nada. Vim só dizer olá – mentir estava a tornar-se uma segunda natureza para mim.

Russell virou a cabeça e apanhou um pequeno pau do chão.

– Sabes, Eddie, às vezes ficamos tão enredados na vida que não vemos o óbvio. Estamos tão absorvidos nos nossos problemas que na maior parte das vezes não conseguimos ver o que...

Terminei a frase dele quase instintivamente:

– Está mesmo à frente dos nossos olhos?

– Sim, não conseguimos ver as coisas que estão mais perto de nós. É como o velho ditado: «Quem vê as árvores não vê a floresta.» Tu estás na floresta neste momento, Eddie, mas estás demasiado perto das árvores para o perceberes. Talvez precises de recuar um pouco para ver o quadro geral.

Acenei com a cabeça em sinal de concordância: eu sabia que Russell compreenderia. Ele parecia saber sempre o que eu estava a planear fazer – ver o quadro geral, afastando-me para tão longe quanto possível desta maldita estrada.

Russell continuou:

– Sabes, todos somos feitos de duas partes. Há uma parte que *pensa* e outra parte que *sente*. Geralmente, as duas partes trabalham juntas e corre tudo bem, mas às vezes a vida atinge-nos com força e uma das partes domina a outra. Por exemplo, tens imensas saudades do teu pai, não é, Eddie?

Perguntei a mim próprio como ele saberia o que acontecera ao meu pai, mas nessa altura estava mais curioso em ver onde a conversa chegaria.

– Claro – respondi cautelosamente.

– Bem, tu *pensas* muito nele, mas com que frequência recordas os *sentimentos* que tinhas quando ele estava contigo? Agora, vês o teu pai numa cama de hospital, ou no caixão, no seu funeral. Substituíste os sonhos por pesadelos.

Era difícil contestar isto. Olhei para a égua.

– Fizeste o mesmo com a tua mãe. Substituíste as memórias boas de panquecas e risos por memórias más de uma discussão e um acidente de carro. Tens de parar de pensar tanto e, em vez disso, voltar a *sentir*, mesmo quando... – fez uma pausa, depois disse: – Não, *especialmente* quando dói.

Uma visão da mamã deitada no seu caixão surgiu-me involuntariamente na cabeça, como tantas vezes

antes. Mas agora, pela primeira vez desde a sua morte, consegui expulsá-la e substituí-la pelos meus sentimentos. Senti alegria e calor, felicidade e dor – mas, acima de tudo, senti vontade de a voltar a ver. Pela primeira vez, *senti* o quanto tinha saudades dela.

– Eddie, os teus pais fizeram um bom trabalho ao ensinar-te como viveres a tua vida. Mostraram-te que, aconteça o que acontecer, vai ficar tudo bem, no fim. Mas vê o que fizeste com essas lições: amachucaste-as numa bola e atiraste-as para o chão.

Desviei o olhar. Sabia que ele tinha razão.

– Não estás a viver no presente, Eddie... estás a viver no passado. A vida é para ser moldada naquilo que queremos que ela seja, mas tu fizeste exactamente o oposto: deixaste que a vida te moldasse a ti. Não sabes *quem* realmente és porque, neste momento, não és ninguém. Estás vazio por dentro.

O quê? Eu estava furioso. Como podia Russell dizer uma coisa daquelas? Eu sabia exactamente quem era. Estava prestes a recordá-lo disso, mas Russell não estava interessado na minha resposta. Continuou:

– As duas palavras mais poderosas, em qualquer língua, são: «Eu sou.» Essas duas palavras contêm todo o

poder criativo dos próprios céus. Foi a resposta de Deus, através da sarça em chamas, à pergunta de Moisés: «Quem devo dizer que me enviou?» «Eu sou o que sou.» É o nome de Deus.

– Não acredito em Deus.

Russell estudou-me por um segundo.

– Ele lamenta muito saber disso. Talvez porque invocaste o nome dele para criar algo que não és... uma realidade que existe apenas porque tu a construíste assim.

Eu nem sequer percebia o que ele estava a dizer. Russell deve ter visto a confusão no meu rosto.

– Eddie, quando foi a última vez que pensaste, honestamente «sou feliz; sou forte; sou uma boa pessoa; sou digno»? – a voz dele era poderosa, autoritária.

O meu silêncio disse tudo.

– Passaste tempo demais a transformar-te em algo que não és: uma vítima. Ninguém pode *fazer* de ti uma vítima, só *tu* podes fazê-lo... e foi o que fizeste. Mas podes também fazer outra escolha... podes escolher ser um *sobrevivente*.

Uma vaga de recordações abateu-se sobre mim.

O papá a ensinar-me a lançar um papagaio de papel na rua em frente da nossa casa. De cada vez que conse-

guíamos, um carro virava a esquina e o papagaio despenhava-se sobre o asfalto.

Tentei afastar as imagens.

O papá e eu a jogarmos futebol no quintal. Ele conseguia atirar a bola para tão longe que eu tinha de correr até ao quintal do vizinho para a apanhar.

– Sente, Eddie, *sente*.

O papá e eu a caminharmos pelo meio da estrada, sobre a neve, os candeeiros de rua a iluminarem o seu rosto.

De súbito, senti um buraco no estômago.

– Não penses ainda, filho, *sente*.

O rosto do papá novamente iluminado, mas agora pelas luzes brancas e fortes do seu quarto de hospital. Parecia cansado e frágil. Uma breve escuridão. Agora eu estava no funeral dele. *Que a Sua orientação sábia te sustente; Que te receba em segurança no seu rebanho; Deus esteja contigo até nos voltarmos a ver.*

Por mais que me esforçasse, não *conseguia* sentir. Estava submerso por pensamentos. Onda após onda, memória após memória.

Já não conseguia lutar mais – parecia tudo tão avassalador. Eu não sou.

Soltei-me. Russell estava de costas para mim. A égua comia delicadamente da mão dele.

– Tens um futuro brilhante pela frente – disse ele. – Só tens de acreditar.

– Acho que está na hora de ir para casa.

Russell nunca se virou.

– Oh, está mesmo, Eddie. Está mesmo.

Desta vez, não disse nada ao avô sobre Russell. Não tinha importância. Tínhamos deixado de falar um com o outro, apenas dizíamos o indispensável. Ele decidira que tudo o que eu fazia era egoísta e manipulador, e a sua crescente desconfiança dava-me a desculpa de que precisava para ser o adolescente de treze anos amargo e desrespeitador que estava a começar a acreditar que realmente era.

Em vez de fingirmos uma relação normal e feliz, pusemos em movimento um terrível círculo vicioso que estava a sugar tudo o que era bom do nosso lar.

A avó merecia melhor.

Não que o avô fosse mau para mim; simplesmente desistiu de tentar ser bom. Talvez estivesse apenas à es-

pera de que eu crescesse, ou talvez se tivesse fartado de tudo – mas, fosse qual fosse o motivo, o avô respondia às minhas agressões constantes com indiferença. Palavras duras e proibições eram reservadas para quando eu quebrava as regras ou ultrapassava os limites, descarregando a raiva na minha avó.

Uma vez que não conseguia encontrar compreensão em casa, procurei-a junto dos Ashton.

– Não posso ficar lá mais tempo, Taylor – disse-lhe um dia, enquanto almoçávamos na escola.

– Para onde queres ir? – perguntou ele, tal como eu esperara.

– Se pudesse afastar-me durante algum tempo, talvez as coisas acalmassem.

– Vamos falar com os meus pais – sugeriu ele.

Finalmente.

Treze

A escola acabou dez dias antes do feriado, porque o Natal calhava a um domingo. O avô partira na sua caçada anual de três dias um pouco mais tarde do que o habitual, o que me deu a oportunidade perfeita para pôr finalmente o meu plano em marcha.

– Avó, importa-se que eu fique em casa do Taylor algumas noites? Os pais dele já disseram que não se importam – o avô nunca o teria permitido, mas a avó era mais mole. Ainda estava erroneamente convencida de que eu podia ser «salvo», e usei essa convicção contra ela.

Para minha surpresa, a avó não respondeu logo. Comecei a ficar preocupado, com medo de me ter enganado.

– O avô não aprovaria, mas eu confio em ti, Eddie – olhou-me nos olhos e disse: – Conheço o teu coração. Suponho que não faz mal, se forem apenas algumas noites.

Ufa! Respirei silenciosamente de alívio.

Corri para o meu quarto, abri a janela e pus o saco que roubara do celeiro em cima do parapeito. Continha quase tudo o que eu possuía, mais algumas coisas que não eram minhas, apertadas em todos os bolsos e cantinhos. Empurrei-o para o outro lado, esperando que não fizesse muito barulho ao cair no chão.

– Adeus, querido – disse a avó, quando os Ashton chegaram com o seu Continental. Fiquei surpreendido por ninguém me perguntar porque não ia a pé, como fizera centenas de vezes antes. Enquanto a avó trocava amabilidades com a senhora Ashton, Taylor abriu a porta do passageiro e ajudou-me a guardar o saco.

Senti que, finalmente, conseguira escapar.

O senhor Ashton estava fora, em mais uma curta viagem de trabalho, por isso, Taylor e eu dedicámo-nos a tratar a mãe dele como se fosse uma rainha. Fizemos-lhe o pequeno-almoço, levámos o lixo para a rua, até aspirámos os tapetes e lavámos a loiça sem ser preciso ela pedir.

Enquanto isso, observávamo-la como falcões, à espera de que ela estivesse no estado de espírito perfeito. De forma pouco surpreendente, esse momento chegou dois dias depois, por volta das quatro da tarde. A senhora Ashton estava a ver televisão, com um sorriso no rosto e um copo na mão, quando fizemos a nossa abordagem.

– Mamã – começou Taylor –, o Eddie e eu queríamos conversar contigo sobre uma coisa.

– Claro – respondeu ela, sem tirar os olhos da televisão. – O que é?

Taylor olhou para mim; o palco era agora meu. Nem conseguia contar quantas vezes ensaiara o que estava prestes a dizer. Firmei a voz.

– Janice – comecei –, os meus avós estão infelizes e eu também.

Ela parou de ver televisão e olhou para mim. Conseguira captar a sua atenção.

– São demasiado velhos para me compreenderem – continuei. – Além disso, sinto-me mal, porque a avó só quer paz e sossego e eu sou apenas um fardo para eles.

– Oh, Eddie, tenho a certeza de que isso não é verdade.

– É, sim, Janice, acredite. Já tentei tudo, mas não conseguimos de maneira nenhuma dar-nos bem. Acho que seríamos os três muito mais felizes se eu pudesse vir viver convosco durante algum tempo. Os meus avós não se importariam. Na verdade, podem não o admitir, mas penso que, no fundo, estão com esperança de que eu vos peça – não era difícil vender nada disto, porque eu realmente acreditava no que estava a dizer. Cortara as minhas ligações emocionais há tanto tempo que achava mesmo que os meus avós ficariam felizes por me ver partir. Poderiam prosseguir com as suas vidas e eu poderia prosseguir com a minha. Além disso, eu sabia o que queria fazer e para onde ia... e isso não incluía estar preso numa quinta.

A senhora Ashton semicerrou os olhos.

– Bem, Eddie, se os teus avós não se importam mesmo, eu também não me importo. Mas tenho de falar com o Stan sobre o assunto quando ele chegar a casa amanhã.

Acenei e olhei para Taylor. Tive de recorrer a todo o meu autocontrolo para não sorrir.

O dia seguinte era o terceiro desde que saíra de casa e sabia que o meu avô voltaria em breve da sua caçada. Quando descobrisse que eu estava fora há tanto tempo, telefonaria para os Ashton, ou, pior ainda, viria directamente a casa deles.

O senhor Ashton chegara nessa manhã e agora Taylor e eu estávamos de pé em frente dos pais dele, na sala.

– Eddie – disse a senhora Ashton com voz doce –, nós compreendemos. Teremos todo o gosto em receber-te aqui, mas temos de tratar de alguns pormenores. Tu e o Taylor vão entreter-se com qualquer coisa enquanto o Stan e eu conversamos.

– Estás pronto para ter um novo irmão? – disse num tom presunçoso a Taylor, depois de os pais dele saírem da sala.

Há muito tempo que eu ansiava por este momento, o momento em que finalmente seria feliz. Então, porque é que me sentia como quando abrira o embrulho da camisola na manhã de Natal?

Todos somos feitos de duas partes. Há uma parte que pensa e outra parte que sente.

Era esse o problema. Eu *sentia-me* óptimo, mas a minha parte que pensava sabia que eu não ia ter aquilo que esperava – mas sim aquilo que merecia.

Depois do almoço, o senhor Ashton disse-nos para nos prepararmos para sair.

– A tua mãe pediu-me para lhe comprar umas coisas, Taylor. Porque é que tu e o Eddie não vêm também? Podemos parar para comer um gelado.

Entrámos no Lincoln, saímos para a estrada e passámos pela quinta de Russell. Como de costume, parecia abandonada. Pouco depois, avistámos a quinta dos meus

avós. Encolhi-me no banco e esperei que eles não estivessem à janela. Agora tinha uma vida nova.

– O que está a fazer? – gritei, quando o senhor Ashton virou para o caminho ao lado do velho arado do meu avô e se dirigiu à casa. A silhueta da minha avó apareceu e tornou-se mais nítida à medida que nos aproximávamos.

– Eddie, a Janice e eu estivemos aqui ontem à noite e conversámos com os teus avós durante quase duas horas. Eles não vêem as coisas da mesma maneira que tu. Sei que te custa acreditar, mas o melhor para ti é estares aqui com eles.

Por um momento, pensei em esticar as pernas contra o banco da frente e recusar-me a sair do carro. Fora traído. Eles tinham-me magoado. Sentia-me como se tivesse uma faca a escarafunchar o coração, a torcer-se dentro do meu peito, e tive vontade de gritar por socorro. Não acreditava que os Ashton e os meus avós tinham conspirado contra mim. Feria-me o orgulho pensar que fora tão estúpido que nem sequer me apercebera.

Sentado no banco de trás, senti-me zangado, vazio, confuso. Tinha o lado esquerdo do corpo quente por causa do aquecimento, mas a porta aberta lançou-me ar-

repios pelo braço e pela perna. Doía-me a barriga. Tinha os olhos a arder. Lutei contra as lágrimas como nunca tinha lutado contra nada na minha vida.

O senhor Ashton estava de pé no lado de fora, segurando a porta aberta e aguardando pacientemente que eu saísse.

Taylor estava sentado ao meu lado, de olhos postos no chão. Perguntei a mim próprio se ele também me teria traído.

Passaram-me pela cabeça uma dúzia de coisas cruéis e detestáveis, mas não disse nenhuma delas. Na verdade, ao longo das vinte e quatro horas seguintes, não disse absolutamente nada.

– Eddie, por favor, fala connosco... – a avó repetiu o seu discurso sobre o quanto gostavam de mim e que os Ashton também gostavam de mim. Estavam magoados e desapontados, mas, acima de tudo, estavam confusos. Não conseguiam compreender como é que me passara pela cabeça que eles seriam mais felizes se eu me fosse embora.

O meu avô parecia um pouco mais brando do que nos dias antes da minha partida, mas não foi tão abertamente efusivo como a avó. Na altura, ficou por dizer, mas o avô sabia exactamente *quem* é que Stan Ashton era: o tipo da cidade grande que pagaria para lhe levarem as janelas e a madeira velha.

– O Natal está a chegar – disse-me, nessa noite, claramente na esperança de que pudéssemos pôr o passado para trás das costas. – Que te parece a ideia de o apreciarmos e começarmos o ano novo com uma atitude nova?

– Começar de novo? – perguntei, incrédulo. O avô, sem querer, transformara a minha tristeza em raiva acumulada, que me subiu à cabeça e me deixou o rosto em brasa. – Começar *de novo*? Vai trazer a mamã e o papá de volta à vida? Vai dar-me uma vida como a dos outros miúdos? Como a do Taylor? Acha que eu posso simplesmente esquecer tudo o que aconteceu?

– Esquecer, não, Eddie... *perdoar*. Não precisas de deixar as coisas para trás, mas tens de as ultrapassar. A maior parte do lamaçal onde estás a chafurdar foi criada por ti.

– Está sempre a falar comigo como se isso fizesse alguma diferença. Tenho treze anos e a minha vida já acabou.

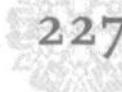

A avó colocou-se entre nós.

– Eddie, tens razão. Somos velhos demais para ter um adolescente, mas estamos a esforçar-nos muito. Já vimos muita coisa e já passámos por muito. Sabemos que as coisas acabarão por melhorar... só tens de aguentar mais algum tempo.

Levantei-me e enfiei os punhos fechados nos bolsos das calças.

– Certo – tentei transmitir toda a minha dor e raiva com o olhar. Virei-me para o meu avô, mas o meu olhar não era adversário para o dele. – Vocês não me querem aqui e eu não quero estar aqui. Agora, graças a vocês, o meu único amigo também não me quer – girei sobre os calcanhares e corri para o meu quarto, batendo a porta com tanta força que um dos quadros na parede do corredor caiu.

Era um retrato da minha mãe.

Menos de um minuto depois, a porta do meu quarto abriu-se e o meu avô entrou, com o saco que eu usara para a minha fuga. Eu quase não conseguira arrastá-lo pelo chão, mas ele levantou-o facilmente só com uma mão, pô-lo de pé e pousou a palma da mão sobre ele enquanto olhava para mim.

– Senta-te, Eddie.

Sentei-me na cama e inclinei a cabeça para trás para olhar para ele.

– Este disparate acaba esta noite. Já limpei mais lágrimas da tua avó neste último ano do que em toda a nossa vida juntos. A noite passada ela disse-me que gostava de ter sido ela a morrer, em vez da tua mãe. Tu achas que o mundo inteiro está contra ti. Mesmo que isso fosse verdade, não seria desculpa para tratares as pessoas como tratas. Estás aqui porque somos uma família. E não usamos a família.

– Não *tenho* família – retorqui. – No que me diz respeito, a minha família está morta.

Se éramos todos filhos de Deus, eu queria magoar um dos filhos Dele tal como Ele me magoara a mim. A escuridão fechou-se mais à minha volta.

A expressão no rosto do meu avô mudou completamente. O número de rugas de tensão era o mesmo, mas mudaram de direcção quando a raiva controlada se transformou numa dor profunda.

– Não digas isso. Nunca mais digas isso. Tu és tudo para nós e eras tudo para os teus pais. Eddie, és tu que escolhes o teu caminho na vida. Tiveste uma viagem

dura e algumas curvas erradas, mas hás-de encontrar o teu caminho. E nós estaremos aqui para te ajudar em cada encruzilhada.

As suas palavras eram bem-vindas, mas não me traziam qualquer conforto. Naquele momento, percebi que a minha teimosia era mais poderosa do que a bondade dele. Este era um jogo em que o avô finalmente perderia, porque agora era eu que tinha um sistema.

Eu já sabia como este jogo ia acabar.

Na sexta-feira, agarrei em todas as minhas coisas, enfiei tudo o que pude na mochila e escondi-a no roupeiro. Passámos os três a noite calmamente, sem nos metermos no caminho uns dos outros.

– Amanhã é noite de Natal, Eddie. Tens de estar pelo menos um bocadinho entusiasmado – disse a avó ao jantar, numa tentativa de quebrar o gelo. – O homem do tempo diz que é possível que finalmente neve!

«Sim, claro», pensei. «Já deixou de nevar por aqui.»

Não disse nada.

Algumas horas mais tarde, decidi descer para ver televisão. Não sabia quando teria outra vez oportunidade de ver o programa de Johnny Carson e, além do mais, estava demasiado excitado para conseguir dormir. Ao passar em bicos de pés à frente do quarto dos meus avós, ouvi algo. Era tarde para eles ainda estarem acordados. Os sons abafados eram como o barulho da televisão com o volume no mínimo. Mas não podia ser um aparelho de televisão que eu estava a ouvir; só havia um e estava na sala.

A minha avó estava a dizer qualquer coisa entre soluços. A voz do meu avô era carinhosa e reconfortante. Dei meia volta e regressei ao meu quarto.

O barulho metálico do despertador acordou-me de um sono profundo. Demorei um minuto a lembrar-me de onde estava e do que se estava a passar. Limpei o sono dos olhos e olhei para o velho despertador de corda que pusera para disparar às três horas. Enfiara-lhe uma meia

por cima para abafar o ruído. Carreguei no botão para o silenciar e saí da cama. Embora tivesse sido mais dramático fazer uma corda de lençóis e fugir pela janela, eu já não precisava de dramas nem de boas histórias para contar aos amigos. Só precisava de sair dali.

Tirei a camisola da gaveta de baixo da cómoda e encostei-a ao corpo. Devia servir-me agora perfeitamente. Coloquei-a por cima do espelho pendurado na parede, o mesmo espelho para o qual evitava olhar com medo de ver aquilo em que me tornara. Prendi-a no caixilho, em cima, e ela ficou a cobrir completamente o vidro. Agora o velho Eddie e a minha camisola de Natal podiam finalmente estar juntos. Estava feliz por dizer adeus a ambos e a toda a infelicidade que representavam pela última vez.

Apesar do casaco grosso de Inverno, consegui enfiar as alças da minha mochila. Pus o gorro, calcei as luvas e desci silenciosamente as escadas, degrau a degrau, parando em cada um para não os fazer ranger.

Cheguei ao fundo das escadas, soltei a respiração e saí para o mundo pela porta da frente.

Catorze

stava mais escuro do que eu esperava. O gelo que cobria a relva castanha e morta fazia com que o último nevão parecesse uma recordação distante.

O meu plano era ir à boleia até à cidade. Não estávamos muito longe da fábrica da Boeing, por isso, sabia que haveria carros na estrada mesmo a esta hora. Contudo, quando vi os contornos do celeiro, tive uma ideia melhor. Tirei a lanterna do meu avô do bolso do casaco e acendi-a. As pilhas estavam fracas, mas a luz era suficiente para chegar ao celeiro. Se empurrasse a porta, ela rasparia no chão com um ruído terrivelmente alto, por

isso, segurei a lanterna com o queixo, levantei a porta e abri-a cuidadosamente.

A luz fazia com que tudo no celeiro lançasse sombras compridas e fantasmagóricas. O museu de máquinas de costura parecia uma câmara de tortura. Dirigi-me à lona que cobria o presente que nunca o fora. Levantei-a e senti o metal frio do guiador através das luvas de lã. Pousei a lanterna no chão e tirei as cartas todas dos raios das rodas, para que ninguém me ouvisse partir. Reparei que o meu avô usara apenas cartas de copas. Um toque da minha avó, calculei. Deixei os corações espalhados pelo chão.

Tentei retirar a bicicleta do canto apertado onde estava arrumada, mas o apoio ficou preso numa das pernas da estante. Meadas e novelos de lã caíram para o chão em câmara lenta. Conduzi a bicicleta entre a desarrumação e saí do celeiro.

Tive medo de que todo aquele ruído tivesse acordado os meus avós, por isso, suspirei de alívio ao ver que a casa atrás de mim continuava escura quando finalmente avistei o arado do avô. No entanto, sabia que o avô não demoraria muito tempo a acordar para tratar das suas tarefas e que daria logo pela minha ausência. Duvidava que ele se

preocupasse o suficiente para pegar na carrinha e ir à minha procura, mas a avó era outra história. Se havia alguém que se importaria com a minha partida, seria ela. E a avó conseguia ser bastante persuasiva quando queria.

Viria mesmo alguém à minha procura?

Mount Vernon ficava a uma hora e meia de caminho de carro. Não fazia ideia de quanto tempo demoraria a lá chegar de bicicleta. Esperava conseguir lá estar antes de a noite cair. Felizmente, alguns meses antes, Taylor mostrara-me um atalho para a estrada principal. Era um caminho que atravessava um milharal próximo da casa dele. Não só me pouparia tempo, como me manteria afastado da estrada principal, para o caso de o avô ir à minha procura.

Viria mesmo alguém à minha procura?

Virei para a esquerda, mantendo-me no espaço estreito de terra batida entre o traço branco da beira da estrada e a vala de escoamento. À medida que os meus olhos se adaptavam à escuridão da madrugada, vi a abertura para o caminho de acesso à quinta de Russell, quase coberto pelas ervas.

Ao princípio, o som da corrente e dos pneus da minha bicicleta eram os únicos barulhos que se ouviam.

Depois, o vento a soprar entre as árvores despidas juntou-se ao coro. E, por fim, havia apenas o som da minha própria respiração.

A casa de Russell estava completamente às escuras. Acendi a lanterna e caminhei na direcção do curral. Estava à espera de ver uma égua adormecida sob o raio fraco e amarelo da lanterna, mas o curral estava vazio.

Estacionei a bicicleta junto da casa e, cuidadosamente, subi os degraus do alpendre. Havia qualquer coisa errada com o silêncio. Apontei a luz para o sítio onde devia estar o espanta-espíritos. Nada. Apaguei a lanterna e espreitei pela janela, esforçando-me por ver algum sinal de vida na casa. Nada. Apontei a luz para a grande árvore onde nos tínhamos sentado no banco de jardim. Desaparecera.

E Russell também.

Agora que Russell partira, não havia nada nem ninguém que me fizesse sentir saudades desta estúpida cidade vaqueira. Voltei a montar na bicicleta, segui o luar pelo caminho de regresso à estrada e continuei em direcção à cidade. Pela primeira vez na minha vida, sentia-me completamente livre. E isso era óptimo.

Depois de pedalar mais alguns minutos, vi o caminho de acesso à casa de Taylor. Fiquei contente por não ter tempo de descarregar a raiva que me revoltava o estômago, pois a caixa de correio dele estava mesmo a pedir umas boas pauladas.

Em vez disso, continuei a pedalar. Não me despedir teria de ser vingança suficiente. À minha frente, vi a estreita estrada de terra de que Taylor me falara e conduzi a bicicleta nessa direcção. O caminho de terra e gravilha tinha sulcos profundos e era ladeado por paredes densas e cinzentas de pés de milho mortos e apodrecidos. Enquanto pedalava, as quintas familiares deram lugar a paisagens desconhecidas. O céu agora estava limpo e o luar ajudava-me a evitar os sulcos mais fundos do caminho. «Nunca me encontrarão», pensei. «De qualquer maneira, ninguém me vai procurar.» Esse pensamento encheu-me o coração de raiva.

Na solidão do milharal, podia dizer o que quisesse e ninguém me ouviria. Ninguém a não ser Deus. Era uma oportunidade para descarregar a minha fúria.

– Odeio-te! – gritei. O céu da noite pareceu engolir as minhas palavras. Nem sequer faziam eco. Pedalei mais depressa. – Pedi-te para ajudares a minha mãe a ser feliz e não foste capaz de o fazer. Em vez disso, levaste-a quando eu mais precisava dela. O meu pai era um bom homem e não quiseste saber dele para nada – fiz uma pausa, como se estivesse à espera de resposta. Mas não obtive nenhuma. Descarreguei a raiva nos pedais.

Sentia-me tão só. Gritar para o nada era a única coisa que me reconfortava.

– Tudo o que te pedi foi esta bicicleta estúpida e até isso foi demais para ti. Não passas de uma fraude! Odeio-te!

Nesse momento, ouvi palavras que ecoaram entre os pés de milho e na minha mente. Pareciam vir de todo o lado e de lado nenhum ao mesmo tempo. A voz era muito parecida com a minha, mas os meus pensamentos nunca tinham tido tanto poder ou clareza.

– *Às vezes, a prenda que mais queremos está mesmo à nossa frente, mas temos de nos desviar do nosso caminho para a receber.*

Rangi os dentes e pus-me de pé em cima dos pedais.

– A culpa não é minha! – gritei o mais alto que consegui, pedalando ainda mais depressa, como se estivesse a tentar fugir à voz. De súbito, o pneu da frente ficou preso num sulco e a bicicleta tombou. Gritei quando caí sobre a terra. Não sei quanto tempo ali estive caído mas, quando finalmente me levantei, a lua já desaparecera. Mas as vozes não.

– *Vem para casa, Eddie. Vem para casa.*

– Não! – gritei. – Eu não tenho casa!

A voz ecoou palavras que eu já ouvira antes.

– *Os animais fogem das pessoas em quem não confiam; nós, na maior parte das vezes, fugimos de nós próprios.*

E com razão, pensei. Eu já não suportava estar na minha própria companhia. Transformara-me em algo que odiava e, por isso, punha as culpas em tudo e em todos, menos em mim.

Levantei-me lentamente e aproximei-me da bicicleta para a inspeccionar. A corrente saltara e a estrutura à frente estava completamente dobrada, bem como a roda, ambas inutilizadas. E agora, que havia de fazer?

– *Não podes fugir de ti próprio* – murmurou a voz.

– Queres uma aposta? – gritei.

Desatei a correr, primeiro pelo caminho de terra e depois através do milharal, meio cego, com a mão à frente dos olhos para os proteger dos pés de milho. Uma dúzia de metros à minha frente, um bando de corvos levantou voo, guinchando desvairadamente.

O meu coração batia com tanta força que achei que o conseguiria ver a bater através do casaco. Deixei-me cair de joelhos e ergui os olhos para o céu da madrugada.

– Odeio-te – disse baixinho.

– *Amo-te* – respondeu a voz num sussurro.

Fiquei ali deitado muito tempo, dorido e exausto. Estava a fugir daquelas vozes estranhas, mas agora tinha a cabeça cheia com a minha própria voz.

Porque é que não falei com o avô? Porque é que me afastei sempre que ele e a avó tentaram aproximar-se? Porque quis magoar a minha mãe?

– *Amo-te* – repetiu a voz. – *Anda para casa, Eddie. Está tudo bem.*

Como podia estar tudo bem? Como podia alguma coisa voltar a estar bem? Nesse momento, comecei a chorar as primeiras lágrimas não egoístas de toda a minha vida. Já chorara antes, mas desta vez as lágrimas vinham de um lugar mais profundo. Imagens da minha família

passaram-me pela cabeça. Amava-os. Odiava-me a mim próprio. No fundo, queria o seu perdão.

«Olha para ti», pensei. Tinha apenas treze anos e já estava tão destruído como o milho à minha volta. Não era suposto que a vida fosse assim. Mas quando é que a vida alguma vez fora o que era suposto? Desejei poder começar de novo. Desejei uma segunda oportunidade de fazer a coisa certa, mas sabia que não há segundas oportunidades.

Como é que alguém poderia perdoar-me depois das coisas que eu fizera? Como conseguiria olhar o meu avô nos olhos, sabendo que ele veria apenas o miúdo em que eu me transformara ao longo do último ano? Eu estava tão vazio e morto por dentro como o milharal onde me encontrava. Talvez fosse este o meu lugar. Talvez fosse este o meu novo lar.

Após alguns minutos, limpei os olhos, peguei na mochila e levantei-me. Caminhei na direcção de onde viera, seguindo o rasto de pés de milho partidos. Não fazia ideia de onde estava nem de que distância percorrera na minha fuga desesperada através do campo. Subi a uma pequena elevação de terreno, suficientemente alta para conseguir ver por cima dos pés de milho e inspec-

cionar a área. Olhei na direcção de onde julgava que tinha vindo, mas a estrada desaparecera e não havia sinais da minha bicicleta.

Nada me parecia familiar. O terreno era plano, morto e árido, um padrão interminável de pés de milho castanhos, pretos e cinzentos, até onde a minha vista alcançava. Depois, quando olhei para trás, vi uma estrada. Mas não era a que eu percorrera até aqui. Era um caminho árido e desolado e, ao fundo deste, erguia-se algo que me encheu de terror: uma tempestade, negra e ondulante.

De onde viera? Como é que não a vira antes?

Uma voz nova e agressiva falou comigo. Parecia vir do próprio milharal.

– *Tinhas razão, Eddie. Deus não se importa. Nunca se importou.*

As palavras faziam eco dos meus pensamentos e deviam ter sido reconfortantes, mas o tom causou-me um arrepio na espinha.

O murmúrio, agora familiar, respondeu:

– *Deus ama-te, Eddie. Vem para casa e ficará tudo bem.*

– *Não, Eddie* – retorquiu o milharal, numa voz cada vez mais forte. – *É aqui o teu lugar. O milharal é a tua casa.*

Olhei de novo para a tempestade. Nuvens negras, verde-escuras e prateadas pareciam respirar no céu. A tempestade parecia estranhamente viva. Sedutora.

Numa voz que parecia a minha, o milharal troçou:

– *Eu farei por a merecer. Prometo.*

Mas, de cada vez que a voz agressiva falava, o sussurro reconfortante respondia:

– *Vem para casa.*

– Não posso ir para casa – gritei. – Nem sequer sei como lá chegar.

O murmúrio respondeu:

– *Enfrenta a tempestade.*

O milharal retorquiu de imediato, como que em pânico por eu dar ouvidos ao murmúrio:

– *A tempestade vai esmagar-te, Eddie. Destrói todos os que a enfrentam* – a voz estava a ganhar confiança de minuto para minuto, tornando-se mais alta e mais forte. – *Olha à tua volta, Eddie, estás em casa. É aqui o teu lugar.*

Olhei em volta e percebi que a voz estava certa. Era aqui que eu merecia estar. Não me dava qualquer conforto, mas, pelo menos, sabia que não haveria mais sofrimento.

– *Mereces muito mais, Eddie* – o murmúrio gentil era agora quase inaudível. Sabia que estava a perder. – *Só tens de dar o primeiro passo.*

Eu estava encurralado. À minha frente, tinha o caminho para uma tempestade que prometia apenas morte. Atrás de mim, um muro de sombras e arrependimento. E ali estava eu...

Com medo de avançar...

E incapaz de voltar para trás.

Quinze

tempestade uivou e rugiu quando olhei para ela. Caí de joelhos e comecei a chorar outra vez. Mas desta vez não me limitei a chorar, também gritei:

– Mamã!

Vi o rosto dela na minha mente. Toda a raiva e o sentimento de culpa que tinham vindo a crescer dentro de mim desde a morte da minha mãe – e muito antes disso – brotaram de mim como uma torrente. Demorei alguns minutos a conseguir introduzir aquelas poucas palavras entre os soluços e as lágrimas e as vozes trémulas que enchiam o ar à minha volta.

Depois, rezei.

– Meu Deus – gritei –, dei cabo de tudo o que fiz. Por favor, ajuda-me a encontrar uma forma de mostrar a toda a gente como estou arrependido de tudo o que fiz e de tudo o que deixei por fazer – imagens da minha mãe e do meu pai, da minha avó e do meu avô sucederam-se rapidamente na minha mente. Já não me importava comigo; estava resignado a uma vida que se parecia muito com o milharal onde me encontrava, mas não suportava a possibilidade de não poder redimir-me de tudo o que acontecera.

Não sei exactamente o que esperava, mas quando abri os olhos o mundo estava exactamente na mesma: a escuridão da madrugada, um muro de milho atrás de mim e a tempestade surreal e gigantesca à minha frente. Um sentimento desesperado e opressivo invadiu-me o peito: *Talvez seja tarde demais.*

Como que em resposta aos meus pensamentos, o murmúrio falou de novo:

– *Enfrenta a tempestade, Eddie.*

Algo agitou o milho atrás de mim. Virei-me, assustado.

– Olá, Eddie.

Era uma voz nova, mas estranhamente familiar. Um homem surgiu entre a escuridão. A luz dos relâmpagos deixou-me ver um vislumbre rápido do seu rosto.

– Russell? – perguntei a mim próprio há quanto tempo ele estaria ali.

– Está tudo bem, Eddie?

Levantei-me e sacudi a terra dos joelhos.

– Não.

– Para onde vais? – perguntou ele.

– Para casa.

Russell pareceu confuso.

– Então o que estás a fazer aqui?

– Estou perdido.

– Isso não é exactamente verdade.

Olhei para ele com ar interrogativo.

– Não é?

– Não – Russell fitou-me nos olhos. Era como se estivesse a ver através de mim. – Estás exactamente onde devias estar.

– Que lugar é este?

– É o mundo que criaste para ti próprio.

– Que eu criei? – não me agradava ser o autor de tamanha desolação e desespero.

Os seus olhos penetrantes incidiram sobre mim.

– Sabes como aqui chegaste?

Tive vergonha de lhe dizer a verdade.

– Tive um acidente com a bicicleta e corri para este milharal. Depois, a estrada desapareceu e surgiu a tempestade.

– Não, Eddie – Russell sorriu gentilmente e abanou a cabeça. – O que quero saber é como *tu* chegaste *aqui* – desta vez, as mesmas palavras tinham um significado completamente diferente.

O murmúrio interveio:

– *Quando escolhes o caminho, escolhes o destino.*

De repente, percebi. Pouco a pouco, erro após erro, eu colocara-me a mim próprio num caminho cujo destino era inevitável.

O murmúrio falou de novo:

– *Todas as viagens, para o bem ou para o mal, começam com um pequeno passo.*

Tudo começara naquela distante manhã de Natal, quando eu vira pela primeira vez a camisola. Neste momento, parecia ter sido há mil anos. Acenei.

– Sim, sei como cheguei aqui.

Os olhos de Russell passaram sobre o milharal.

– A maior parte das pessoas encontra este lugar a dada altura da vida. A escuridão assusta-as, mas isso acontece apenas porque têm dificuldade em ver para além dela. Se conseguissem ver o que está do outro lado do horizonte, perceberiam realmente como estão perto de casa – olhou de novo para mim. – Sabes o caminho para casa?

Russell estava a fazer as perguntas por mim, não por ele. Apontei para a tempestade.

– Acho que é por ali – tinha o braço a tremer.

– Como sabes?

– Não sei. Só sei que sei.

– Eddie, foste tu que criaste este mundo. Mas não é teu. Vai para casa.

Olhei para a tempestade e comecei a tremer. Os ventos uivavam, quase como se a tempestade pressentisse a minha vulnerabilidade e como eu estava perto de sucumbir a ela. Russell fitou-me calmamente.

– Tens razão, *parece* ameaçadora – havia algo reconfortante nas suas palavras. – É espantoso como as coisas podem parecer más quando são vistas com os olhos errados.

– Os olhos errados?

– Sim, os olhos errados. Estás a olhar para a tempestade com os mesmos olhos com que a criaste.

Pensei no espelho do meu quarto. De cada vez que olhava para ele, ao longo dos últimos meses, tinha de desviar a cara, pois os meus próprios olhos tinham tentado revelar-me a verdade: eu odiava-me *porque* punha a culpa pelos meus problemas em todos menos em mim.

Russell voltou-se para mim.

– Não tenhas medo da tempestade, Eddie. Teme antes o milharal. O milharal pode parecer-te seguro, mas aqui há apenas frio e escuridão.

Como que em desafio às palavras dele, a tempestade começou a uivar ainda mais alto. Os pés de milho dobraram-se sob a força dos ventos implacáveis mas, estranhamente, inclinaram-se na direcção da tempestade, não no sentido oposto. «Está a tentar puxá-los também», pensei. Embora a tempestade não se tivesse movido, o som proveniente das suas profundezas parecia um comboio desgovernado a aproximar-se. Tapei a cara.

Russell pousou a mão forte e curtida no meu ombro. A sua pele estava quente.

– Não tenhas medo, Eddie, o vento não pode fazer-te mal. Nada pode. Agora, enfrenta a tempestade.

Uma rajada de vento uivou entre as filas intermináveis de pés de milho mortos.

– Não consigo, Russell. É grande demais.

– Tu és maior.

Como podia ele dizer aquilo?

Os pés de milho estavam a ser arrancados pelas rajadas violentas da tempestade. Rodopiavam à nossa volta, misturados com terra e detritos. Embora o ruído fosse ensurdecedor, Russell não precisou de levantar a voz, nem eu tive de me esforçar para o ouvir.

– Podes ainda não saber quem és, Eddie, mas eu sei. E sei que o teu destino é atravessar esta tempestade. Não foste criado para ficar aqui, neste milharal. Há muito mais à tua espera e tu mereces tudo o que te aguarda.

Engoli em seco, sem acreditar.

– Não consigo, Russell, vou esperar que passe. Aqui estou em segurança.

Os seus olhos cintilaram e ele abanou a cabeça.

– Oh, Eddie, não estás a compreender. Esta tempestade *nunca* passará. Não pode passar. É tua. Além disso, a vida não é segura. É apenas com os nossos erros, os nossos enganos e os nossos defeitos que crescemos e vivemos verdadeiramente. Mas tinhas razão sobre uma

coisa: aquele é o caminho de casa. É o *único* caminho para casa. Mas tu conseguirás. Confia em mim. Confia em *quem* realmente és.

– Quem eu sou? – perguntei, em tom depreciativo. Tinha vergonha da verdade. – Não sou ninguém. Magoei todas as pessoas que alguma vez me amaram.

– Às vezes, a parte mais difícil da viagem é acreditar que somos dignos de a fazer.

«Serei digno?», pensei para mim próprio.

Ergui os olhos para Russell. O seu olhar era forte e repleto de um amor infinito.

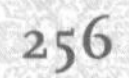

– Sim. Inquestionavelmente, definitivamente, sim. Agora, vai para casa.

Eu queria. Mas estava tão fraco. E a tempestade era tão poderosa.

– Confia, Eddie. O viajante é digno da viagem. E é digno do destino. Só tens de dar sozinho o primeiro passo.

A tempestade parecia cada vez mais sinistra. O meu olhar perdeu-se no seu ventre gigante e violento. *Confia.* Eu tinha receio de voltar a seguir a minha própria vontade – fora ela que me trouxera até aqui. Mas, para variar, queria fazer a coisa certa.

Fechei os olhos e dei um passo, que me colocou mesmo no centro da tempestade. Os gritos do vento encheram-me os ouvidos. Queria gritar de medo, mas senti Russell pegar-me na mão.

– Só mais um passo – disse ele com a sua voz calma, muito mais poderosa do que o vendaval. *Confia.*

Fechei os olhos e usei todas as minhas forças para avançar.

Silêncio.

Abri os olhos. Estávamos do outro lado da tempestade. O sol brilhava atrás de nós, os raios dourados reflectindo nas ameaçadoras nuvens negras. Estava tudo tão calmo que os únicos sons que eu conseguia ouvir eram o chilrear dos pássaros e o sussurro das folhas. Aquilo que antes fora escuro era agora claro, tão refrescante, tão tranquilo. Tão quente.

– Onde estou? – olhei em volta, maravilhado com a paisagem tecnicolor de milho, relva e céu. Era a paleta de cores mais estranha e maravilhosa que eu já vira. Parecia um negativo fotográfico do milharal. Até as próprias cores pareciam vivas. *Será o Paraíso?*

Embora eu tivesse apenas pensado as palavras, Russell abanou a cabeça.

– Estás do outro lado da tempestade. É isto que te aguarda. Não depois de morreres, mas assim que começares realmente a viver.

– É espantoso – olhei para o meu guia. Ele já não era velho e sujo, mas brilhante e sem idade. – Quem *és* tu realmente, Russell?

Ele sorriu.

– A verdadeira questão é: *Quem és tu*?

De alguma forma, compreendi. Sem a tempestade não poderia conhecer-me a mim próprio.

– Todas as pessoas têm de passar pela tempestade?

– Sim, mais cedo ou mais tarde. Mas nunca ninguém se perdeu para a tempestade, apenas se perderam *nela*. O que a maior parte das pessoas não percebe é que não é preciso lutar contra a tempestade, Eddie, basta parar de a alimentar... parar de lhe dar poder sobre ti.

Olhei novamente em volta. Tentei recordar os cheiros, os sons, a tranquilidade, a felicidade. O calor.

– Se isto não é o Paraíso, então o que é?

– Isto é parte da tua viagem. O *Paraíso* é outra coisa; é ainda melhor – disse a palavra de uma forma diferente, como eu nunca ouvira. Percebi que, até àquele momento da minha vida, o *Paraíso* fora mais um mito do que um

lugar concreto, uma espécie de versão celestial da Disneylândia. Era uma cenoura agitada à frente das pessoas para as levar a serem boas. Mas, nesse instante, compreendi a realidade do local e o que ele implicava.

– Diferente como?

– O Paraíso é a expiação de todas as coisas.

– Expiação? – eu já tinha ouvido a palavra na igreja da avó, mas nunca a compreendera completamente.

– Expiação – repetiu ele, sublinhando as sílabas. – É uma oportunidade de arranjar o que não tem arranjo e de começar de novo. Começa quando as pessoas perdoam a si próprias tudo o que fizeram de errado e perdoam aos outros aquilo que eles lhes fizeram. Os erros deixam de ser erros, são apenas coisas que te tornam mais forte. Expiação é a grande força redentora e igualizadora que leva à realização de todas as coisas: todos os abraços que sempre desejaste, todas as rodas gigantes, jogos de basebol e passeios na neve que perdeste. Todos os que amaste e perdeste. Expiação, Eddie, é o Paraíso na Terra.

– Então, o meu pai e a minha mãe estão lá... no Paraíso?

O calor dos seus olhos respondeu à minha pergunta.

– Tiveram de passar pela tempestade?

– Mais vezes do que poderias imaginar. Mas eles tinham um grande ajudante.

– Tu?

Ele sorriu.

– Não, Eddie. Tu. O seu amor interminável por ti ajudou-os a ultrapassar a tempestade.

Pela primeira vez, desde que me lembrava, não tive qualquer sentimento de culpa ao ouvir falar dos meus pais e dos sacrifícios que eles tinham feito por mim. Apenas gratidão. Olhei para Russell.

– Haverá mais tempestades?

– Sim – os nossos olhares encontraram-se. – Inquestionavelmente, definitivamente, sim.

– E se, da próxima vez, eu tiver demasiado medo?

– Eu estarei contigo – disse ele com amor. – Lembra-te, Eddie, todos os que passaram pela tempestade não se arrependeram da viagem. Nunca ninguém esteve aqui e desejou voltar para o outro lado.

– Obrigado.

– Agradece a ti próprio. Fizeste boas escolhas.

Sabia tão bem ouvir aquilo.

– E agora, Eddie, já sabes quem és?

Com as palavras dele, fui invadido por um sentimento de calor e alegria tão grande que não há palavras para o descrever. Apercebi-me de que estava a chorar. Acenei afirmativamente.

Um sorriso iluminou-lhe o rosto.

– Quase que sabes. Quase – enquanto olhava para ele, apercebi-me de que tinha mudado subitamente. Parecia agora emanar uma luz. – Tu és alegria, Eddie. És alegria.

Ele tinha uma brancura que eu nunca vira antes. Brilhante. Bela. Quente. A luz tornou-se tão forte que tive de fechar os olhos e virar costas – mas, nela, soube exactamente quem era.

Dezasseis

cheiro a panquecas era tão maravilhoso e intenso que me acordou. Abri os olhos e semicerrei-os sob a luz forte que entrava pela janela do quarto e incidia no meu rosto.

Toquei na face. Estava molhada. Tinha estado a chorar. Sim, lembrava-me disso. «Mas como voltei para o quarto em casa dos meus avós? Eles foram à minha procura?» Reparei que estava completamente vestido, mas não com a roupa que trazia na noite anterior.

À medida que recuperava a consciência, o mundo à minha volta inundou-me os sentidos. O ar fresco e limpo do quarto envolveu-me a pele. O aroma a massa de pan-

queca e ao doce xarope de ácer encheu o ar. Ouvi o crepitar de *bacon* a fritar. Havia qualquer coisa diferente no ar. Eu sentia-me diferente. Sentia-me outra vez leve.

Sentei-me. Vi dois sacos do pão no chão ao lado da cama e percebi que tinha a camisola de Natal apertada nos braços. Encostei-a ao rosto. A minha mãe tocara nesta camisola. Minuto a minuto e malha a malha, ela fizera-a. Não só eu mudara, como a camisola mudara também. Parecia-me agora diferente – como uma relíquia sagrada do passado.

– Que presente – disse a ninguém em particular. – Que presente perfeito.

– Eddie?

O meu coração parou. Olhei para a porta fechada do quarto.

– Com quem estás a falar? Posso entrar?

A porta abriu-se. E ali, emoldurada pela ombreira, estava a minha mãe, iluminada pela luz das escadas. Fiquei a olhar para ela, incrédulo.

– Mamã?

– Bom dia, dorminhoco.

Saltei da cama e corri para ela, apertando-a nos braços e atirando-a quase ao chão.

– Mamã!

Ela riu-se.

– Céus, não esperava uma recepção destas. Principalmente depois da noite passada.

– Estás aqui!

– Claro que estou. Pensavas que eu te deixava?

Os meus olhos encheram-se de lágrimas.

– Mas fomos para casa... o acidente...

Ela lançou-me um olhar perplexo.

– Quando te vim chamar para irmos embora, estavas a dormir a sono solto. Pensei que, depois de um dia tão mau, o melhor seria deixar-te descansar. Pelos vistos, fiz bem.

Agora eu começava a recordar-me de tudo. Subira e deitara-me com a minha camisola por um momento... não poderia ter sido tudo um sonho. Ou poderia?

A mamã passou a mão pelo meu cabelo.

– Pensei que podíamos tentar de novo de manhã. Afinal de contas, o Natal não está relacionado com segundas oportunidades?

Encostei a cabeça ao peito dela e chorei.

– Oh, mamã. Obrigado. Estou tão arrependido da forma como te tratei. És a melhor mãe do mundo. E adoro a minha camisola, mais do que podes imaginar.

Ela recuou um passo, com um sorriso no rosto.

– Isso é que foi uma boa noite de repouso. Então, agora já gostas da camisola?

– Mais do que tudo.

– Mais do que, por exemplo, uma bicicleta?

– Um milhão de vezes mais. Mais do que qualquer bicicleta estúpida. Podemos repetir o Natal, por favor? Prometo que, desta vez, me portarei como deve ser.

Ela olhou para mim e sorriu.

– Estás mesmo a falar a sério, não estás?

Incapaz de falar, simplesmente acenei com a cabeça. Ela puxou-me de novo para si e beijou-me no alto da cabeça.

– Amo-te.

Falei entre as lágrimas.

– Eu sei. É por isso que gosto tanto da minha camisola. Porque foste tu que a fizeste.

Depois de alguns minutos ela disse:

– Porque não mudas de roupa e desces? O pequeno-almoço está quase pronto.

Apertei-a com força.

– Não te vás embora, por favor.

Ela riu-se.

– Vou só lá para baixo. Quem sabe, talvez haja mais surpresas.

De alguma forma, eu sabia do que ela estava a falar.

– Não quero mais surpresas.

– Não estejas tão certo disso – disse ela, beijando-me a testa. – Veste-te e desce. A avó e o avô estão à espera.

Limpei os olhos.

– Está bem.

Ela saiu e fechou a porta. Vesti-me rapidamente sem esquecer, claro, a minha camisola nova. Enquanto me vestia, algo do outro lado da janela chamou-me a atenção. Começara a cair uma neve branca e pesada. «O nevão do papá», pensei.

Quando cheguei ao fundo das escadas, a avó e o avô estavam à minha espera, com ar expectante.

– Feliz Natal! – exclamei.

Olharam furtivamente um para o outro, sem dúvida a pensar que bicho me teria mordido.

– Feliz Natal para ti também – disse o avô.

A avó aproximou-se e abraçou-me.

– Bom dia, querido. Feliz Natal.

– Eddie – disse a minha mãe. – Viste a ne... – interrompeu a frase. Estava a olhar para a minha camisola. – Gostas mesmo dela.

– É o melhor presente que já recebi.

Há vários anos que não via a mamã tão feliz.

– Muito bem – disse a avó, pegando numa travessa cheia de panquecas. – Vamos comer.

Enquanto nos sentávamos à volta da mesa, perguntei ao avô se podíamos rezar.

– Claro – disse ele.

Demos as mãos e inclinámos a cabeça.

– Senhor, obrigado por tudo o que nos deste. Pelo tempo que temos juntos. E pelo milagre do Natal. Obrigado pela Expiação, pela oportunidade de começar de novo. Ajuda-nos a recordar sempre quem somos e a acreditar que somos dignos de ultrapassar as tempestades na nossa vida. Ámen.

Quando abri os olhos, estavam todos a olhar para mim com expressões assombradas.

Passaram alguns segundos antes de a minha mãe finalmente quebrar o silêncio.

– Papá, passa-me as panquecas, por favor.

– Sim, querida.

Ele passou-lhe a travessa mas, como de costume, a mamã serviu-me primeiro.

– Aqui tens, Eddie.

– Obrigado – disse. – Estou esfomeado. Foi uma noite mesmo *comprida.*

A avó lançou-me um olhar espantado.

– Comprida?

– Eddie – disse o avô –, enquanto estavas no teu quarto a ressonar, esteve aqui um homem à tua procura. Não me lembro do nome dele, mas disse que tinha visto um rapaz da tua idade lá fora, de bicicleta, durante a noite. Queria certificar-se de que estavas bem. Disse-lhe que não podias ser tu.

– Porque eu estava a dormir? – perguntei.

– Bem, sim, e porque *não* tens bicicleta – um sorriso irónico apareceu-lhe no rosto. – Por outro lado, quem sabe? Ainda não procurámos em todo o lado. Queres ir comigo numa expedição?

Sorri.

– Podemos esperar, avô. Tudo o que eu quero está aqui mesmo.

O sorriso do meu avô tornou-se radiante e os seus olhos brilharam.

– Bem dito, Eddie. Muito bem dito.

Pouco depois do pequeno-almoço, o avô levou-nos a todos ao celeiro. Estava mais entusiasmado do que eu. Com grande fanfarra, revelou a bicicleta. Tal como ele próprio me ensinara, fingi-me surpreendido. Agradeci efusivamente a todos, elogiei o avô pelo seu bom gosto e perguntei-lhe como conseguira surpreender-me. Apesar dos meus dotes, o avô percebeu que eu já sabia da bicicleta. Eu sabia que isso o irritava, pois não imaginava de que forma eu a tinha descoberto. Era melhor do que ganhar-lhe às cartas – o que, claro, eu nunca teria conseguido, tendo em conta que todas as copas do seu baralho preferido estavam enfiadas nos raios das rodas.

Nessa tarde, enquanto a neve caía serenamente lá fora, deitei-me em frente à lareira, ao lado da minha mãe, a ouvir um disco de Natal de Burl Ives. Ela passou os dedos compridos pelo meu cabelo.

– Este foi o Natal mais maravilhoso de sempre – disse ela, num tom melancólico.

– Pois foi – concordei. – Como nos velhos tempos.

Ela riu-se.

– Só tens doze anos, Eddie. Ainda não tens «velhos tempos».

Rimos os dois. Depois eu disse:

– Mamã...

– Sim?

– Obrigado por tudo o que fazes por mim. Por trabalhares tanto e trocares de turnos para estares comigo.

– Como sabes que eu faço isso?

– Não te agradeço vezes suficientes.

Ela olhou para mim com os olhos cheios de lágrimas.

– Sabes porque o faço, Eddie?

– Porquê?

– Porque és a minha maior alegria, Eddie. És a minha felicidade.

Como Começa...

nome completo do meu avô era Edward Lee Janssen, e era realmente o meu melhor amigo de Verão. Embora o meu segundo nome na certidão de nascimento seja apenas «Lee», sempre insisti em ser tratado por «Edward Lee» durante toda a minha vida. Na verdade, todos os meus amigos e até os meus filhos acreditam que o meu nome é mesmo «Glenn Edward Lee Beck».

Eu sou o «Eddie» e cresci numa cidadezinha chamada Mount Vernon, Washington. A minha mãe chamava-se Mary e morreu quando eu tinha treze anos, não muito tempo depois de me dar uma camisola de Natal que eu atirei para o chão.

Os meus avós eram muito parecidos com o que descrevo no livro. O meu avô era um grande homem e um grande amigo.

No entanto, o meu pai não desapareceu da minha vida, como acontece neste livro. Embora sempre tenha estado presente para mim, eu e ele só nos tornámos mais chegados numa fase tardia da vida, quando eu deixei de beber, parei de sentir pena de mim próprio e comecei a dar valor ao que tinha. Foi então que telefonei ao meu pai e lhe disse que não sabia como ser filho dele. Ele disse-me que sentia o mesmo mas acrescentou que, se eu prometesse aguentar os silêncios desconfortáveis, havíamos de aprender. As suas palavras ainda hoje me trazem lágrimas aos olhos enquanto as escrevo.

Fiz o que ele me pediu e estou muito orgulhoso por termos sobrevivido aos silêncios desconfortáveis. O meu pai tem sido o melhor amigo que já tive e estes foram os melhores quinze anos das nossas vidas.

A padaria da nossa família chamava-se realmente Padaria City e o meu pai era mesmo mais um artesão do que um padeiro. Numa viagem de regresso a casa, no Verão de 2007, reparei que a baixa de Mount Vernon estava a voltar à vida. O centro comercial que levara à falência lojas como a nossa fora demolido e substituído por outro ainda maior. Não entrei; já tinha visto centros comerciais exactamente iguais noutras cidades.

Russell é uma compilação de vários dos elementos mais importantes da minha vida. Há um homem real chamado Russell (mas sem o tom sépia) que vivia ao lado dos meus avós. Ele tem toda a bondade e sabedoria de um agricultor que trabalhou a vida toda com as mãos. Decidi usá-lo como modelo para a personagem quando, durante essa visita a casa, estive na rua onde os meus avós viviam, em Puyallup, Washington. Muito tempo depois de eles terem falecido, Russell ainda vivia na quinta ao lado. Ele mostrou-me um salgueiro que plantara a partir de um rebento que a minha avó lhe oferecera quando eu era muito pequeno. Agora, dá sombra ao seu quintal.

Russell é também um reconhecimento grato ao meu querido amigo Pat Gray. Muitos de vocês já me ouviram falar dele na rádio, na televisão e nos meus espectáculos em palco. Conheci Pat já numa fase adiantada da vida e ele guiou-me durante alguns dos meus dias mais sombrios e deu-me o maior presente que uma pessoa pode dar a outra: fé.

Mas a maior parte de Russell vem de um sonho que tive aos trinta e poucos anos. A cena do milharal foi real para mim, tal como as cores e o calor do outro lado. Foi um sonho sagrado que mudou completamente a minha vida. Acredito que foi por esse motivo que, como disse no prólogo, este livro se escreveu a si próprio.

Embora na altura eu não soubesse quem Russell era no meu sonho, sinto que agora sei. Mas quem ele é *para vós* é algo que vos cabe decidir.

Esse sonho e Russell não são apenas meus, nem o milharal. Todos nos encontramos lá, a dada altura da nossa vida. Contudo, receio que muitos de nós desperdicemos a vida na escuridão e no frio por não conseguirmos pôr o passado para trás e dar aquele primeiro passo para o desconhecido. Não sabemos, ou não acreditamos, que há beleza e felicidade do outro lado do medo.

Sou um alcoólico. Enterrei a minha culpa, a minha dor e os meus sentimentos durante tanto tempo que me teriam matado se eu não tivesse tido este sonho. Só gostava que tivesse acontecido quando tinha treze anos, como aconteceu a Eddie.

Infelizmente, ainda tinha muitos erros para cometer antes de ser levado a cair de joelhos e finalmente supli-

car: «Seja feita a Tua vontade.» Estava a meio da casa dos trinta e andava há mais de um ano a trabalhar na cura. Julgava que estava a fazer bons progressos, mas, afinal, havia sítios onde eu ainda não estava disposto a ir.

Estava cansado. Cansado de estudar a minha alma, cansado de me lembrar, cansado de olhar para coisas que passara a vida inteira a evitar. Sem tomar essa decisão consciente, dei por mim disposto a ficar no milharal com apenas algumas respostas, porque estava longe da estrada e era relativamente seguro. Contudo, em retrospectiva, era mais do que isso.

Às vezes, pergunto-me quantos de nós não se encaram a si próprios por estarem convencidos de que merecem apenas um certo grau de felicidade. Estamos limitados pelas nossas imaginações e pensamentos de merecimento e alegria. Tornamo-nos confortáveis na nossa infelicidade porque é a única coisa que conhecemos. Ou talvez não procuremos o «verdadeiro» eu por termos medo da possibilidade de não haver um eu verdadeiro.

Uma noite, tive um sonho. A estrada esburacada. O milharal seco. Uma tempestade que ninguém deveria ver. Sem lado nenhum para onde ir.

Depois, um velho misterioso mostrou-me o caminho.

Acordei deste sonho às três da manhã e fui imediatamente buscar as minhas tintas para tentar recriar a cena de ambos os lados da tempestade. Apesar dos meus melhores esforços, não consegui representar a cena com exactidão. Desde então, já tentei muitas vezes, sem nunca conseguir. Não sei se até mesmo este livro terá realmente capturado a frieza do milharal, o verdadeiro calor da experiência de Eddie do outro lado da tempestade e a luz do desconhecido que, neste livro, se chama Russell.

Talvez não esteja destinado a ser recriado na perfeição. Tal como no meu sonho, talvez seja suposto que vejamos apenas um indício da mensagem e do mensageiro e que deixemos o resto à fé.

Nas últimas páginas, Eddie recebe uma segunda oportunidade. Isso, meus amigos, é um presente para *mim* e de *mim* para *vós*. É o verdadeiro presente que vejo agora representado pela última prenda que recebi da minha mãe. É o saber que podemos ser perdoados, que podemos começar de novo e que, se enfrentarmos os nossos maiores medos e arrependimentos, o céu abrir-se-á e encontraremos felicidade e amor. É a chave para quebrar o círculo vicioso de arrependimento e infelicidade.

A minha mãe deu-me a camisola, mas o maior presente foi-nos dado a todos por um Pai do Céu que nos ama. É o único verdadeiro presente que nos é dado a todos e, contudo, é aberto ou apreciado por muito poucos. É o presente da redenção e da expiação, e fica na prateleira de cima, quase sempre sem ser tocado, nos roupeiros da nossa alma.

No Natal, celebramos o nascimento do Menino Jesus mas, ao fazê-lo, às vezes deixamos passar o verdadeiro significado da quadra. O que torna o nascimento tão especial é o que esse menino, rapaz, e depois homem perfeito fez no final da Sua missão.

Sem a Sua morte, o nascimento não tem qualquer significado.

Durante anos, não acreditei em redenção como mais do que uma palavra que ouvimos na voz dos padres. Não pensei que fosse real. Mesmo que fosse, não me considerava digno dela. Isso é mentira.

É real.

Não é apenas uma palavra; é uma força capaz de mudar vidas. Eu sou digno.

Vocês são dignos.

Todos somos.

Suponho que a verdadeira lição que aprendi, nesse último Natal com a minha mãe, foi que o melhor presente é qualquer presente oferecido com amor. Lembro-me claramente da expressão nos olhos dela quando viu a camisola amachucada no chão do meu quarto, e lembro-me de me aperceber de tudo o que ela fizera por essa prenda. Recuso-me a estar aos pés Dele e ver a mesma expressão nos Seus olhos quando me perguntar: «Filho, esta é a prenda que te dei?»

Apanhem a vossa redenção do chão. Apreciem-na. Usem-na. Partilhem-na. Tem o poder de transformar vidas. *Transformou a minha.*

Sei finalmente *quem* sou, e sou feliz. Enquanto escrevo estas últimas palavras na cama, bem depois das duas da manhã, nos arredores da cidade de Nova Iorque, apercebo-me de quantas vezes teria dado tudo para poder voltar a viver nessa rua simples. Os meus avós, e todas as pessoas que lá viviam, ainda se destacam como as pessoas mais bem-sucedidas que alguma vez conheci. Tinham tudo o que precisavam mas, mais importante ainda, queriam tudo o que tinham.

Durante grande parte da minha vida, debati-me com o sentimento de culpa pela forma como tratei a minha camisola e pelos acontecimentos dessa manhã de Natal. Nunca mais consegui dar uma camisola minha, por mais feia, velha ou pequena que fosse. Agarrei-me a gavetas cheias delas, de todos os tamanhos e feitios que possam imaginar.

Felizmente, ultrapassei tudo isso depois de enfrentar a minha tempestade. O velho do meu sonho estava certo, mais uma vez: não era tão má como eu pensava.

Por fim, acabei por dar todas as minhas camisolas a uma instituição de caridade e estou completamente em paz com o que fiz. Descobri que já não precisava delas, porque está tão quentinho aqui...

Está mesmo quente.

Feliz Natal,

Glenn-Edward Lee-Beck

Agradecimentos

De cada vez que tento escrever os meus agradecimentos num livro, acabo por me sentir como a minha mãe se deve ter sentido naquela manhã de Natal, quando atirei a minha camisola amachucada para o chão. Espero sempre não desapontar ninguém, mas sei que o farei. Assim que enviar isto para a editora, lembrar-me-ei inevitavelmente de mais rostos e nomes que, de algum modo, esqueci.

De certa forma, suponho que é um bom problema. É um lembrete saudável de que estou do outro lado da minha tempestade apenas graças aos amigos espantosos que me ajudaram pelo caminho. É também um lembrete

de que o meu papel no meu próprio sucesso é muito reduzido.

Obrigado a todos por me darem os segundos melhores presentes que pode haver: a vossa confiança, amizade, apoio e, mais importante do que tudo o resto, o vosso amor.

Tania Beck
Os meus filhos
Todos os meus pais
Claire McCabe
Pat Gray
Robert e Colleen Shelton
Roy Klingler e família
Michelle Gray
Coletta Maier e família
Jeff Chilson
David e Joanne Bauer
Jeremy e Makell Boyd
Bobby Dreese
Bruce Kelly
Jim Lago
Carma Sutherland
Robert e Juaniece Howell
Jon Huntsman
Bill Thomas
David Neeleman
Jaxson Hunter
Gary e Cathy Crittenden
A minha terra natal
Todos os meus amigos em Sumner, WA
Chris Balfe

Kevin Balfe
Stu Burguiere
Adam Clarke
Dan Andros
Rich Bonn
Liz Julis
Carolyn Polke
Joe Kerry
John Carney
Sarah Sullivan
Jeremy Price
Christina Guastella
Kelly Thompson
Kristyn Ort
Chris Brady
Nick Daley
Pat Balfe
Eric Chase
Conway Cliff
Virginia Leahy
John Bobey
As minhas equipas de televisão e rádio
A minha equipa de montagem e maquilhagem
Mark Mays
John Hogan
Charlie Rahilly
Dan Yukelson
Dan Metter
Julie Talbott
Gabe Hobbs
Kraig Kitchin
Brian Glicklich
George Hiltzik
Matthew Hiltzik
Dom Theodore

Carolyn Reidy
Louise Burke
Mitchell Ivers
Sheri Dew
Duane Ward
Joel Cheatwood
Jim Walton
Ken Jautz
Josanne Lopez
Lori Mooney
Greg Noack
Os ouvintes, espectadores e leitores
Os iniciados
Padaria City (1898-2006)
Richard Paul Evans
Jason Wright
Marcus Luttrell
Greg e Donna Stube
Paul e Angel Harvey
Thomas S. Monson
Russell Ballard
Neil Cavuto
Anderson Cooper
Brad Thor
Don Brenner
Albert Ahronheim
David Marcucci
Blake Ragghianti
Anthony Newett

Uma Mensagem Especial de Glenn

Em *A Camisola de Natal*, as provações de Eddie começam quando o seu pai sucumbe ao cancro. Não escolhi essa doença por acaso. Quase todos nós conhecemos alguém que foi afectado de alguma forma pelo cancro e eu não sou diferente; o meu avô teve cancro. Mas escolhi o cancro também por outro motivo – por causa de alguém que acredito que o curará.

O seu nome é Jon Huntsman e considero-o um modelo, uma inspiração e um amigo.

O senhor Huntsman cresceu numa casa de duas assoalhadas com paredes de cartão e canalização exterior.

A família lutava com dificuldades e debatia-se por cada tostão e cada pedaço de comida. Mas agora, décadas depois, ele trocou esse casebre de duas assoalhadas por um lugar na lista dos 400 Mais Ricos da Forbes. O senhor Huntsman é multimilionário.

Embora possa não ser um nome muito conhecido, os produtos com que ele sonhou ao longo dos anos alteraram a forma como vivemos. Desde as embalagens do Big Mac às caixas de ovos, passando por tigelas, pratos e talheres de plástico, a Huntsman Chemical cresceu do nada, até se tornar a maior companhia química privada do mundo.

Mas Jon Huntsman não é uma inspiração para mim por causa das coisas espantosas que a sua companhia produziu, nem pelo dinheiro que ganhou. É uma inspiração pela quantidade de dinheiro que dá: todo.

Embora esteja envolvido em muitas instituições de caridade, a paixão do senhor Huntsman é o Instituto e Hospital Oncológico Huntsman, que fundou em Salt Lake City. É um sítio onde os pacientes são tratados como família e os familiares dos pacientes são tratados como membros da realeza. Mas, mais importante do que isso, é um lugar onde todos são tratados com amor

e respeito – duas coisas cada vez mais raras nos dias que correm.

Quando visitei o Instituto pela primeira vez, disse ao senhor Huntsman que nunca tinha visto nada assim.

– Eu sei – respondeu ele, obviamente habituado a esse tipo de reacção. – Vamos curar o cancro e depois vamos transformar este lugar num hotel Ritz Carlton.

Sorriu e fiquei sem perceber se estava a brincar ou a falar a sério. Depois, olhou para mim com um brilho de zelo nos olhos e uma expressão determinada no rosto.

– Glenn – disse, com firmeza e sem a mínima hesitação –, vamos *mesmo* curar o cancro aqui.

Não foi o que ele disse, mas sim a forma como o disse – com humildade, quase com naturalidade, mas ao mesmo tempo com uma confiança feroz e avassaladora.

Acredito nele.

Se o seu sucesso na vida lhe trouxe a sorte de poder ajudar os outros, por favor, pense no Instituto Oncológico Huntsman. Leia sobre a missão e as instalações mas, acima de tudo, leia sobre Jon Huntsman, um multimilionário que subiu a pulso e que tenciona morrer sem um tostão para ajudar os outros. É alguém que con-

seguiu quase tudo o que se propôs a fazer e sei que conseguirá também isto.

O senhor Huntsman doou mais de 1,2 mil milhões de dólares nos últimos dez anos. No entanto, por mais falido que esteja quando morrer um dia, será sempre um exemplo vivo de Russell. E será sempre o homem mais rico que alguma vez conheci.

– Glenn

Para mais informações, visite
www.huntsmanscancerfoundation.org

Revisão: **Rita Marques**

Capa original: **Lisa Litwack**

Adaptação da capa: **Undo Design**

Ilustração da capa: **Robert Hunt**

Composição: **José Domingues**

Produzido e acabado por **Multitipo**